KRILL

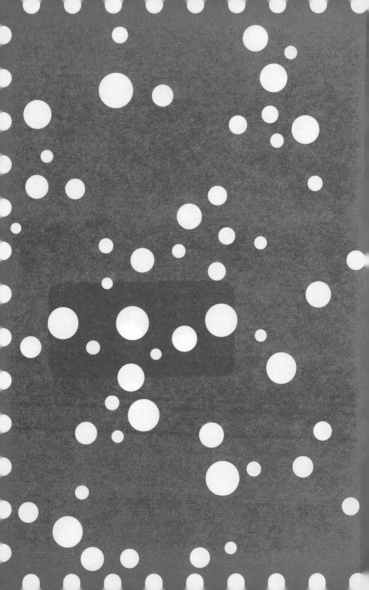

Immer Freitag,
Band 2.

Wolfgang Gosch
Virgil Guggenberger

Edition Krill

Impressum

Erste Auflage 2011
© bei Edition Krill, Wien.

Immer Freitag, Ausgaben 58 bis 106. Erdacht und niedergeschrieben von den Herren Guggenberger und Gosch. Erschienen zwischen Neujahr und Silvester des Jahres 2009 auf der Internetseite der Edition Krill. ¶ Buchgestaltung und Illustration: Wolfgang Gosch. Vorwort und Ausblick: Virgil Guggenberger. Letzterer führte auch die Gespräche mit den Redaktionsmitgliedern, deren Berichte im Anhang zu finden sind. ¶ Druck: REMAprint GmbH, Wien. ¶ Papier: Munken Print Cream mit 1,5-fachem Volumen. ¶ Gefördert vom Bundesministerium für Unterricht, Kunst und Kultur (bm:ukk) Österreich. ¶ Gut zu wissen überdies, dass *Immer Freitag* denkbar einfach abonniert werden kann und manierlich im Rhythmus der Woche per E-Mail frei Haus zugestellt wird. Augenfreundlich und dabei gänzlich pixelschonend anzumelden (oder auch wöchentlich abzurufen) unter www.editionkrill.at.

ISBN 978-3-9502537-5-7

Printed in Austria.

Inhalt.

Appendices.

Ich leide an Versagensangst,
besonders wenn ich dichte.
Die Angst, die machte mir bereits
so manchen Reim zuschanden.

— Robert Gernhardt

Von Setzkästen und Freitagen

Nach DIN 16502 gibt es drei Arten von Setzkästen: Den Brotschriftenkasten, den Standardkasten und den Titelschriftkasten. Auch wenn die meisten von ihnen heute außer Dienst gestellt sind, so erfüllen sie doch weiter vor allem repräsentative Aufgaben. Ihre zahlreichen Ganz-, Halb- und Viertelfächer bieten gleichermaßen Platz für die homöopathische Hausapotheke wie für die stetig wachsende Sammlung aus Meeresmuscheln, Halbedelsteinen, Vogelfedern und allerlei Tierknöchelchen.

Dieselbe Freude an derlei Kleinodien treibt auch uns an, wenn wir uns aufmachen, in den Gebieten der *naturalia, artificialia, antiquitates* oder *scientifica* Raritäten und Kuriositäten zu entdecken. Nachzulesen ist das Gefundene als *Immer Freitag* einmal wöchentlich auf der Internetseite der Edition Krill.

Das vorliegende Buch ist nun nach Band I folgerichtig das zweite seiner Art, das die einzelnen Berichte eines Jahres in gedruckter Form versammelt. Ähnlich einem Setzkasten finden sich darin vielfältige Fundstücke: Ein Elefantenstoßzahn, hübsch anzusehen wie die Beine einer Elfe, oder ein selbstkonstruierter Nass-Kompass (nicht schräg halten, sonst rinnt er aus!), Eiswürfel, die um die Wette schmelzen und auch eine Lücke, deren Fehlen keineswegs unbemerkt bliebe. Und schließlich noch die Ananas, die Anna aß – Kleinodien allesamt.

Doch der Mensch lebt nicht vom Od allein, er hungert auch nach Wissen. Deshalb beantwortet die Rubrik »Frag' den Freitag« seit gut einem Jahr Fragen und Anliegen der neugierigen Leserschaft. Dazu werden im vorliegenden Band einige Mitglieder der hiesigen Redaktion vorgestellt.

Selbstverständlich werden wir uns nicht stellvertretend damit brüsten, dass zum Beispiel Frau Dr. Bornhagen einer Initiative zur Bestandssicherung alter Nutztierrassen vorsteht, oder die Mutter von Herrn Umbecker eine gut gehende Broilerbude auf Usedom leitet. Es sind die Menschen und nicht deren Meriten, die uns interessieren. Also haben wir sechs Redaktionsmitglieder um einen Gegenstand und ihre Geschichte dazu gebeten. Nach und nach erreichten uns ein Schirm, ein Kilo Mehl, ein Stein, orientalische Gewürzdosen, ein Hühnerskelett und eine Spieldosenmechanik. Die entsprechenden Geschichten sind im Anhang ab Seite 111 nachzulesen. Weiteres und Anderes findet sich erwartungsgemäß auf den Seiten davor und auch danach. ⋯

··· Zunächst aber in das »Davor« schicken,

Virgil Guggenberger & Wolfgang Gosch,
Edition Krill.

Immer Freitag.

Jeden Freitag ein Kleinod, diesmal:
Tabula rasa.

Wir beginnen das Jahr mit Mathematik. Stöhnen Sie nicht! Wetzen Sie lieber ihr Hinterteil unruhig auf dem Stuhl und folgen Sie in entspannter Konzentration dem, was wir hier und heute zu berichten haben:

Vor uns liegt eine nahezu rechteckige Fläche. Fraktal gekachelt darin eine zackige Landschaft, Ebenen an Geraden an Bögen an Schlaufen. Ein Bruchstrich, krumm wie ein gefrorener Flusslauf, rechnet Horizont gegen Horizont auf und schreibt den Rest am Fenstersims an. Von rechts schieben sich Eisblumen aus verschachtelten Wurzel- und Istgleichzeichen ins Blickfeld, während der linke Bildrand gänzlich unscharf ausfranst. Schneestaub flirrt kristallin zu Boden. Versucht eine Neuberechnung, versucht sich am Bruch durch Unendlich. (Wie Lurch durchzieht die Unendlichkeit schlecht gekehrte Winkel mathematischer Gleichungen, ja bevölkert sie, bis sie dann und wann, zu Pulverschnee zerstoben, im Licht zerfließt.) An allen Ecken und Enden schichtet sich Luft.

Ein Eichhorn steckt den Kopf aus dem Schneeloch, während es an einer Nussfrucht knabbert. Verdammt, nein!, es war immer noch nicht Frühling geworden!

Immer Freitag.

**Jeden Freitag ein Kleinod, diesmal:
Elfenbein.**

Das edle Material hat seinen Ursprung, als ein Elefant sich an einer anmutigen Elfe verging. Eine grässliche Tat aus Enttäuschung und Wut. Denn als die Elfe nicht gewillt war, von der Betrachtung einer Raupe abzulassen, der Elefant aber stattdessen sein Schneidwerk ihr vorzuführen gedachte, schlug er – in blindem Furor – seine Zähne in das zarte Wesen und begann, es zu verspeisen. Als nur die Beinchen noch aus seinem Maule ragten, erfasste ihn eine plötzliche Reue, für Umkehr jedoch war es zu spät.

Um ewig für diese Schandtat gekennzeichnet zu sein, tragen er und seine Nachkommen die Beine der Elfe nun im Gesicht, sodass bereits von fern erkennbar ist, welche Schuld der Elefant auf sich geladen hat.*

Geblieben aber sind dem Sünder nicht nur die Elfenbeine im Gesicht. Auch seine unguligrade Gangart (*Anm.:* Zehenspitzengänger) rührt daher, dass er sich, und damit seine Schmach, nicht früher als irgend notwendig bemerkbar machen möchte.

* Wo die Schuhe der Elfe geblieben sind? Wir wollen uns doch einen Rest an Ernsthaftigkeit bewahren: Elfen tragen niemals Schuhe.

Immer Freitag.

**Jeden Freitag ein Kleinod, diesmal
aus der Serie »Verschollene historische
Fragm…**

Immer Freitag.

**Jeden Freitag ein Kleinod, diesmal
ein Wegweiser.**

Es mag vorkommen, dass der Mensch in seinem
Leben eine Richtung sucht, sich einen Fingerzeig
erhofft und – des ewigen Orakelns müde – Klarheit
anstrebt.

Die Andeutungen der Großen Fünf haben sich über
die Jahre ein wenig erschöpft. Abgesehen davon ist
deren Richtungsweisung meist mit einem erhöhten
Zeit- und Leidensaufwand verbunden, die nicht al-
lerleut Sache sind, zumal langfristige Planung nicht
immer das Gebot der Stunde ist. Aber abseits der
Fastenmonate, Gebetstrommeln und Bibelstunden
hat sich im Zusammenspiel der folgenden Zutaten
eine angenehm unprätentiöse Methode gefunden,
eine Richtung anzuzeigen:

- ein magnetisches Hufeisen
  (Wer keines hat, sollte in Zukunft nicht mehr
  darauf verzichten!)
- eine Nähnadel
- etwas Lebertran
- eine Tonschale
- Wasser

Zunächst wird die Tonschale zu drei Viertel mit
Wasser gefüllt. Nun mit dem Magneten mehrfach in

gleichbleibender Richtung über die Nadel streichen. Anschließend die Nadel sorglich mit Lebertran einfetten.

Legt man die magnetisierte Nadel hierauf sachte in das Wasser, wird der sogenannte Nass-Kompass* umgehend seinen Dienst aufnehmen!

* Über die physikalischen Hintergründe und Funktionsprinzipien bedingt sich die Freitags-Redaktion Schweigen aus. Denn: Du sollst Deinen Gott nicht erklären versuchen.

Immer Freitag.

Jeden Freitag ein Kleinod, diesmal eine Charakterstudie.

Wir wollen bei der Betrachtung der Folgenden just bei dem Ersten beginnen, der uns in den Sinn kommt:

Es ist der Freundliche. Ein Charakter von nobler Zurückhaltung, der die Aufregung nicht liebt. Er hat Substanz und weiß um seine Qualitäten, doch ist es ihm fremd, Fremde zu verschrecken. Was man ihm vorwerfen mag – es fehlt an Ecken und Kanten.

Anders der Scheinbare. Es mangelt ihm an rechter Ruhe. Die Halbwelt ist sein Zuhause. Unstet wie er ist, lässt er sich ungern dauerhaft auf eine Rolle festlegen. Auf die Pflege seines Äußeren legt er größtes Gewicht. Doch ist es gerade diese oft spitze Geckenhaftigkeit, die seine Unsicherheit umso deutlicher unterstreicht.

Breitbrüstig kommt er daher, der Ehrbare. Hier ist einer, der sich nichts mehr beweisen muss. Er kennt die Höhen und Tiefen des Lebens, nichts Menschliches ist ihm fremd. Über die Jahre weiß geworden, steht er dennoch voll im Saft. Er ist eine Zierde seines Geschlechts, schnörkellos in Wuchs und Gestalt strahlt er eine besonnene Ruhe aus.

Der Verkniffene weiß von Ruhe nichts. Er möchte zwar, doch wollte er, er möchte lieber nicht. Könnte er, so würde er ganz, doch ganz, das hat er niemals gewollt. Zerrissen in seiner Befindlichkeit, beschränkt er sich auf die Randbereiche des Seins. Sich völlig auszubreiten, dafür fehlt ihm der Mut, sich gänzlich zurückzuziehen leider auch. Was bleibt, ist ein Nischendasein.

Und nicht einmal dieses darf der letzte in der Runde führen, der Verleugnete. Er ist der, dem nichts gestattet ist. Hebt er sein Haupt und streckt sich aus, so wird er gröblich abgewiesen und zurechtgestutzt. Sein Dasein ist ein Schreckliches. Einem ungewissen Antrieb folgend strebt er stetig ans Licht, in die Weite und die Welt. Doch wird er von seinem Herren klein gehalten und ist dazu verdammt, ein Schattendasein unter der Oberfläche des Lebens zu führen.

Doch mögen sie auch noch so viele Unterschiede in sich bergen, so ist all diesen Bärten doch eines gemein: Die Angst vor der nächsten Rasur.

Immer Freitag.

**Jeden Freitag ein Kleinod, diesmal:
Der Eiswassertüpfling.**

Geschätzte Redaktion zu Wien!

Erlauben Sie mir zunächst, Ihnen einen herzlichen Dank auszusprechen für Ihr letztes Schreiben: Die Bleistifte sind reichlich und gespitzt, die Dochte ins Stearin gezogen und ihr beider Licht erhellt nunmehr meine Arbeit* hier auf Ostrow Winer-Njoischtadt.

* Möchte man angesichts dieser Worte fürderhin nicht in jedem Bleistift jenes andre Licht mitverpackt wissen, das dieser mitunter in die krausen Gedankengänge während des Grübelns zu bringen vermag?
— *Die Red.*

Sie baten mich indessen um die Zusendung meiner wissenschaftlichen Notizen über den Eiswassertüpfling. Damit aber nehmen Sie mich in meiner Kür in die Pflicht! Denn wie Ihnen gewiss begreiflich sein wird, ist der Eiswassertüpfling eine durchaus nicht leicht zu fassende Entdeckung, zumal mich vorderhand nicht zoologische Interessen, sondern botanische in hiesiges Gebiet führten. (Meine Studien zur endemischen Krustenflechte gedenke ich übrigens bald abzuschließen; mit gutem Erfolg. Hernach werde ich mich umweglos ganz der prächtigen und in der Wissenschaft – wie ich leider feststellen muss: gehörig – vernachlässigten Fauna widmen, von der der erwähnte Tüpfling nur als ein erstes Juwel gelten kann.)

Um nicht gänzlich von besagtem Tier abzukommen darf ich kurz ausholen, Sie erlauben:

Wie Sie wissen ist es von ganz vorzüglichem Interesse für die großen Dinge, sich um die Befindlichkeit der kleinen Dinge zu kümmern. Wie traurig anzusehen ist etwa die Wand, die kein Fenster besitzt. Oder die Maschine, der ein Rädchen fehlt. Denn dort, wo der Teufel in Ausnahmen und sprichwörtlich steckt, wohnt in der Regel: die Seele. Und die Seele dieser Eilande hier im Nordpolarmeer ist, wie mir mit Erregung gewiss wurde, nicht die Vegetation! Vielmehr ist mir das Viehische in einer Unmittelbarkeit entgegen getreten, die zu vernachlässigen einem wachen Geist zur Schande gereicht und ihn mit schlechtem Gewissen straft.

Sie verzeihen die strengen Worte, zu versöhnlich stimmt mich auch bereits wieder die Aussicht auf den morgigen Tag. Vom bezaubernden Lichtspiel hierorts mochten Sie sich bereits in einem meiner letzten Briefe selbst überzeugen. Die beigelegten Photographien lassen trotz Ermangelung ...

[Die folgenden Zeilen sind unleserlich. Die verlaufene Tinte zeugt von einer Nässeeinwirkung, auf die auch das aufgewellte Papier hindeutet.
— *Anm. d. Red.*]

Und ebenso erquicklich ist es, auf einen Berg zu steigen oder an einer Wolke vorbeizusehen, hinein in den Himmelsgrund. Ich bin geneigt anzunehmen, dass mich diese jugendhafte Sehnsucht zuzeiten auch nach wärmeren Gegenden des Erdballs treibt.

Mit den ergebensten Wünschen,
Ihr C. Marius Siebold

Editorische Notiz: Der hier wiedergegebene Brief ist in natura handschriftlich verfasst. Möchte sich der geneigte Leser nicht zuletzt vermittels der hier wiedergegebenen Signatur eine Vorstellung vom Duktus des Professors machen.

→ vgl. auch Seite 129, App. 2: Die Redaktion

Immer Freitag.

**Jeden Freitag ein Kleinod, diesmal
ein Kreislauf.**

direkt in ein lesendes Auge,
der Ausführung ganz Ohr, genau in diesem Moment:
Die vage Melodie einer Idee, mehr ein Summen noch
ganz ohne Partitur, jagt sie vom Kopf weg den Ner-
vensträngen entlang hin zu ein paar Fingern, ihren
Spitzen, ohne Pause weiter durch die Fingerspitzen
hindurch und hinaus, vorbei an Kunststoff und
Metall ins Schreibtischholz, im Inneren des Tisches
unbemerkt bis unter das Tongefäß, in dem etwas
Erde steckt und darin ein kräftiger Bambusspross,
dessen langer Hals sich eifrig nach der Decke streckt,
gekitzelt jetzt von feiner Vibration, die sich heimlich
vervielfacht bis hinauf in sein dreischössiges Haupt,
eine Abzweigung nimmt, dort im Zierrat der Blätter
ein Wackeln verursacht, ein Lachen und Zappeln
und Fliegen, sich holterdiepolter in Licht verwan-
delt und herbeieilt, beschwingt bis ganz hinter
mein Auge dringt, zurück zum Ursprung und dabei
lustig im Takt, den ich vorgebe, während ich diese
Zeilen auf der Tastatur zusammentrommle – und
von hier nun

Immer Freitag.

**Jeden Freitag ein Kleinod, diesmal:
Mut zur Lücke.**

Außer Frage gestellt ist die Schwierigkeit, etwas zu beschreiben, das fehlt. Wir wollen es dennoch versuchen und wählen hierfür die Lücke.

Das Vorhandensein und die Anwesenheit einer Umgebung ist zwingende Notwendigkeit für das Auftreten der Lücke. Nur wo etwas ist, dort kann auch etwas fehlen. Die Lücke ist also der Umgebung Mangel an ihrer Vollständigkeit. Gleichzeitig ist die Lücke aber auch die Manifestation des Wunsches nach Vollständigkeit, nach der die Umgebung trachtet. In der Erfüllung dieses Wunsches, darin liegt das Unglück für die Lücke. Ein paradoxes Unglück, zumal das Glück gemeinhin pflegt, aus der Lücke zwischen Mangel und Vollständigkeit heraus in Erscheinung zu treten.

Fehlte die Lücke aber gänzlich, so könnte sie auch hier nicht zur Verhandlung gebracht werden. Denn wie gesagt: Es ist schwirig, etwas zu beschreiben, das fehlt.

Immer Freitag.

Jeden Freitag ein Kleinod, diesmal:
Warum sitzt die Dämmerung im Gefängnis?

Einbruch.

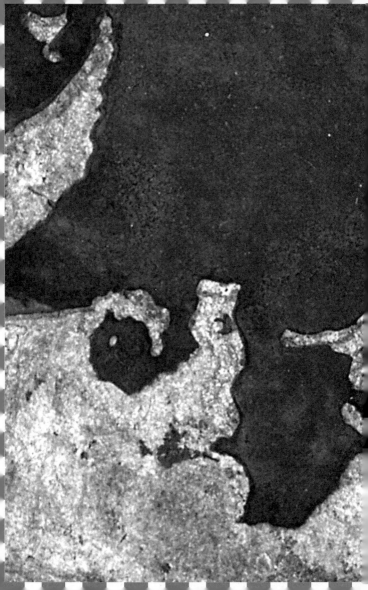

Immer Freitag.

**Jeden Freitag ein Kleinod, diesmal:
Landschaften.**

Im Kleinen betrachtet eine kunstvolle Ausformung von Insektenfraß im Ganzledereinband eines Buches. Lust und Leid des Restaurators und reiches Betätigungsfeld für Bücherwürmer*. Emsig von deren feinen Zahnmeißeln im Tagebau abgetragen, dabei unterstützt durch fingerfertige Mikroben mit einem Hang zur Flurbereinigung, wird das Ergebnis ihrer Arbeit schlicht als Fehlstelle bezeichnet.

Im Großen wiederum mag Geologen diese Abbildung (als Satellitenaufnahme mit gehörigem Respekt und Entfernung aus dem Weltall betrachtet) schmerzlich an das einstige Naturschauspiel des mit fruchtbarem Schlamm über seine Ufer tretenden Nils gemahnen. 1971 brüsk beendet durch die hemmenden Mauern des Assuan-Staudammes.

* Ja, es gibt sie wirklich! Fachspezifisch »Anobien« geheißen, ist Totholz ihre ursprüngliche Nahrung. Von edlen Rinds- oder Schweinsledereinbänden und feinem Büttenpapier ist man inzwischen aber ebenfalls recht angetan.

*Abb.: 8-fach vergrößerte Detailaufnahme des Schadens
(um 1632)
Österreichische Nationalbibliothek
Sammlung ALT, Aurum Depot
Signatur 226464-D*

Immer Freitag.

**Jeden Freitag ein Kleinod, diesmal
Geduld üben.**

Geduld ist eine Tugend, zu deren Übung es unter anderem eines langen Winters, einer Regenperiode, anhaltender Dunkel- oder Trockenheit, voller Wartezimmer, verlegter Lottoscheine, kriechwüchsiger Pflanzen, unauffindbarer Schlüssel, fehlender Parkplätze, verspäteter Züge, grober Sturheit, zäher Verhandlungen, vorweihnachtlicher Einkaufsstraßen, behäbiger Beamter, Kellner oder Kuriere (in Verbindung mit abgelaufenen Reisepässen, dringendem Durst oder rasch benötigten Arzneien), Vorschauen, Rückschlägen, Besetztzeichen, Warteschlangen, Staus und sonstiger Verzögerungen sowie Dingen von komplizierter Bauart und Funktionsweise – und angesichts derlei lästiger Aufzählungen eines nicht geringen Maßes an Ausdauer – bedarf.

Immer Freitag.

Jeden Freitag ein Kleinod, diesmal Geduldes Schwester, die Hingabe.

Von kriechwüchsigen Pflanzen war letzte Woche an dieser Stelle zu lesen. Anregend nahm sich eine diesbezügliche Konversation mit Annette Anderstett* aus, und die darob unternommene genauere Betrachtung des Sachverhalts führt uns unweigerlich hin zur Gabe, Geduld in großem Maße zu üben:

Geschieht es doch so manches Mal, dass man in der Aufzucht kriechwüchsiger Pflanzen die Zweifel am Gedeihen kräftiger wachsen sieht als die phlegmatische Pflanze selbst. Wer hätte nicht mit ermutigendem Handwinken zu forciertem Wachstum anhalten wollen? Und dabei in der Verzweiflung auch von Drohungen und Schmähungen und hinterlistigen Liebesworten nicht absehen können?

Da gilt es, persönliches Vorankommen ohne Zögern zu opfern und alle Aufmerksamkeit demjenigen der Pflanze angedeihen zu lassen. Geduld ist hier vonnöten, unbedingt, aber mehr noch ein gerüttelt' Maß an Opferbereitschaft und ein Wollen, das einem Müssen gleichkommt. Danebst die hehre Fähigkeit, Bedürfnisse des Anderen über die eigenen zu stellen, ganz gleich, wes Wesens jenes Andere ist – im hier Erörterten der trotzige Wuchs einer störrischen Pflanze. ⋯

* **Annette Anderstett** ist Mitglied der Botanischen Gesellschaft Französisch-Guayanas. Mit besonderer Freude und Stolz erfüllt es uns, dass wir sie Anfang diesen Jahres als Mitglied der »Frag' den Freitag«-Redaktion gewinnen konnten. Sie war uns bereits in dieser kurzen Zeit eine feste Stütze in der Beantwortung spinöser Fragen zu Botanik wie auch anderen Lebensdingen.
→ *vgl. Seite 113, App. 2: Die Redaktion*

··· Dies in aller Kürze zusammenfassend darf über die liebenswerte Zunft der Pflanzenzüchter getrost gesagt werden: Wem Hingabe nur ein Wort ist und wer das Herz eines wahren Hingebungsvollen ergründen will, möchte mit einem Botaniker einen langen Tee einnehmen.

Immer Freitag.

**Jeden Freitag ein Kleinod, diesmal
ein Vorschlag zum gesitteten Zeitvertreib:
Eiswürfelwettschmelzen.**

Zwei (oder mehrere) Personen setzen sich gegenüber
auf. Der Spielleiter, wohlweislich zuvor ernannt, gibt
einem jeden Mitspieler einen Würfel gefrorenen
Wassers gleicher Größe in die Hand. Es gilt nun,
diesen ohne merklichen Zutuns nur mithilfe von
Körperwärme in einen anderen Aggregatzustand
überzuführen.

Listige Mitspieler versuchen, dies mit Atemluft zu
beschleunigen. Der Trick ist aber, die Würfelflächen
zwischen Kopf und Schulter einzuklemmen; dort
nämlich, wo sich Ohr und Schlüsselbein am Nächsten sind: an der zärtlich durchwärmten Stelle des
Halses...

Immer Freitag.

**Jeden Freitag ein Kleinod, diesmal:
Subtile Absatzförderung.**

Immer Freitag.

**Jeden Freitag ein Kleinod, diesmal:
suber!**

Bloße Unordnung ist schlicht erträglich, hier hingegen keimt bereits kräftig eine Urform von Lurch im üblichen Gewühl des Schreibtischs, inmitten meiner Utensilien, der Zeichenstifte und Federn, dem Zettelwerk, unterm Monitor, und selbst in den Ritzen meiner Tastatur. Und während ich auch dort noch tüchtig mit dem Staubsauger drübergehen will, wr's schon pssiert: Fort wr sie, die Tste mit dem .

Immer Freitag.

Jeden Freitag ein Kleinod, diesmal verspricht dampfendes Metall die besten Aussichten auf Erfolg.

Verdächtig unterwürfig plättet sich anfangs die Hemdbrust unter der Macht des Dampfstrahls. Doch man ahnt es schon: Das ist eine List. Denn kaum zieht das Eisen weiter, springt keck eine scharfe Falte aus der weißen Ebene hervor, dem Ordnungssinn von Aug' und Seele hohnlachend. Auf dieses Vorgeplänkel hin wirft sich bereits die Knopfleiste in die Brust, stramm die Gegenwehr wider die Einebnung der Fläche im Faltenreichtum aufzunehmen. Unerschrocken riskieren dabei die Knöpfe ihren Hals an den unerbittlichen Kanten des Metalls zu verlieren. Aus dem meist mühsam erstrittenen Flachland schließlich erhebt sich unheilvoll knitternd der Kragen. Die Flügel drohend abgespreizt, lauert im grauen Farbenspiel des Randes die Erinnerung an ungeklärte Streitigkeiten zwischen Schweiß und Gallseife.* Wer aber die Schlacht beschließend all diese Fährnisse gemeistert hat, darf sich zu Recht als Herr über die Flachlande seines Oberkleides fühlen.

* Der Gedanke an eine gebügelte Hemdrückenfalte scheint in diesem Ringen nur noch bloße Hybris und kaum weiter erstrebenswert.

Wem indes vor diesem Abenteuer graut und wer eher das Beschauliche im Leben sucht, dem ist zur Hemdenpflege folgendes zu raten: Sofortiger Erwerb von Neuware nach erfolgter Verknitterung.

Anm.: Generell empfiehlt es sich, dem Hemd als Wäsche-stück und Teil des Oberkleides einige Beachtung zu schenken. Man wird überrascht sein, welche Zartheiten zwischen Windsorkragen, Wiener Manschette und Charachellefalte sich dem Auge und in Folge dem Herzen eröffnen.

Immer Freitag.

Jeden Freitag ein Kleinod, diesmal:
Zähe Verhandlungen.

Letzten Endes konnten die Vertreter und Delegierten der einzelnen Staaten, während sie beim Buffet stehend und schmatzend zu weiteren Diskussionen, in denen erneut auch manch abschätziges Wort, worauf zu verzichten sie sich anfangs zwar eingeschworen, nicht jedoch in ausreichendem und der Dringlichkeit ihrer Anliegen gebührendem Maße, über das zu gegebener Zeit noch ausführlicher gesprochen wird werden müssen, verpflichtet hatten, gefallen war, zusammenfanden, doch noch darüber abstimmen.

Immer Freitag.

Jeden Freitag ein Kleinod, diesmal:
Zwei Sichtweisen.

Einen Augenblick noch! Da kommen doch eine ganze
Menge hochinteressanter Fragen auf uns zu:

Vermag man etwa aus eigener Kraft so viel davon zu
trinken, dass die eingenommene Menge an Flüssigkeit der im Körper gebundenen Menge an Wasser
entspricht, und wie wäre das zu bewerkstelligen?
Wie zahlreich sind die Kohlensäurebläschen, die
darin im Schnitt pro Stunde nach oben steigen, und
wie würde die mathematische Formel dazu herge-
leitet? Durch Zugabe welcher Stoffe könnte man
die Schaumbildung steigern oder verringern, und
spielt dabei der Zuckergehalt oder die Temperatur
die wichtigere Rolle? Welche Energie (freilich gemessen in Joule) muss der Körper aufbringen, um
einen Liter davon im Magen von kühlschrankkalt auf
Körpertemperatur zu erwärmen, und verbraucht er
dadurch mehr Energie, als er sich durch das Getränk
selbst zuführt?

Weiters angenommen, man füllt eine Badewanne
damit und setzt eine Schwimmente hinein: Würde
diese dann höher oder tiefer in der Flüssigkeit liegen
als zum Beispiel in Wasser, und was, badete man
selbst darin, hat das für Auswirkungen auf das Bindegewebe?

Apropos Bindegewebe: Wie steht es um die Adhäsions- und Kohäsionsfähigkeit der Flüssigkeit, und wie stark würde diese durch Temperaturänderung beeinflusst?

Schließlich auch die Frage noch nach dem idealen Mischverhältnis und damit die Überlegung, ob dieses rein physikalisch oder ausschließlich gustatorisch getroffen werden sollte?

Dem Andren ist dies vorerst alles einerlei. Lästig nur, das Fragenspalier seines Gegenübers dehnt ihm den Weg zum ersehnten Genuss: Er sucht in seinem ersten Schluck Alsterwasser nicht die akademische Erquickung, sondern kühle Wohltat, die den Staub aus der Kehle spülen hilft.

Anm.: Gut möglich, dass sich dieses Befinden nach einem weiteren Glas ins Gegenteil gekehrt hat, und Jener mehr Fragen hat, als Dieser Antworten sucht. Wie auch sonst gibt es für alles den rechten Augenblick.

Immer Freitag.

**Jeden Freitag ein Kleinod, diesmal:
Ein Berufsbild.**

Es ist ein grausames Umfeld, in das man gestoßen wird.

Mit einem ersten groben Tritt in den Rücken wird man auf den Weg gebracht. Sofort der Anstieg, dann die Linkskurve. Die Fliehkräfte zerren wild an Nervenkostüm und Schmerzzentrum. Am Ende der Kurve aber steht erst der Beginn des Leidens:

Von allen Seiten steckt man nun Schläge ein, wird mit voller Wucht gegen Absperrungen geschleudert, schwere Gummibanden entladen bei Kontakt ihre Energie und katapultieren den geschundenen Körper weiter voran, man wird über Rampen gehetzt, stürzt in Löcher und rast durch nachtschwarze Tunnel auf neue physische Schurkereien zu, die von wild blinkenden Lämpchen frenetisch akklamiert werden. Dazu drehen sich bizarre Gummifiguren ekstatisch um sich selbst, reißen dabei ruckelnd die Arme in die Höhe, Fratzen öffnen ihre Mäuler und rollen stotternd mit den Augen. Über all dem hängt eine schwere Wolke aus ohrenbetäubendem Lärm: Metallisches Rattern und Tackern gibt den Rhythmus vor, hysterische Glocken schrillen die Melodie und dumpf-gummierte Schläge stampfen den Takt dazu.

Vielleicht fällt es im Augenblick schwer, dem Berufsbild »Flipperkugel« viel abzugewinnen. Unbestritten aber schweißt die gemeinsame Erfahrung die Kollegenschaft eng zusammen, wenn sie im Magazin des Flippertisches ihrem nächsten Arbeitseinsatz entgegenzittern. Und Statistiken bestätigen: Eine gemeinsame Basis im Team steht bei den meisten Berufsgruppen an erster Stelle!

Immer Freitag.

Jeden Freitag ein Kleinod, diesmal huldigt allen im Eifer unterlaufenen Tippfehlern...

... ein Kirschturm.

Nach seiner letzten Straftat, dem Mordversuch an seinem Bruder, wird Antonino M... wegen Zweifel an seiner Zurechnungsfähigkeit in die Irrenanstalt nach Girifalco in Kalabrien eingewiesen. Dort zur Beobachtung hingebracht, untersucht ihn der Nervenarzt Professor Silvio Venturi, Direktor der Irrenanstalt. Es geht um die Klärung der Frage, ob es so jemanden wie einen *geborenen Verbrecher* geben kann, wozu Antonino M... als Studienobjekt herangezogen wird. Die Abschrift dieser Untersuchung bildet den ersten Teil des Buches.

Der zweite Teil des Buches beinhaltet die Selbstbiographie des Antonino M... Er rechtfertigt darin sein Leben, beschreibt seine Verbrechen und ihre Hintergründe und stellt sich unterdessen als einen vom Schicksal verfolgten Unglücklichen dar. Seine Worte richtet er an den Lieblingssohn, Fernando Antonio:

Mein geliebter Junge!

Ich bin sehr unglücklich geworden und das rauhe Schicksal hatte niemals Mitleid mit mir, niemals wurde es müde, mich zu verfolgen, und von der Wiege bis zum Grabe ist mir dieses elende und traurige Leben eine ständige Marter.

Dir erzähle ich die Verhängnisse meines bejammernswerten Lebens, und wenn Betrug und die Schmach dieser bösen Welt Dir die Schritte zu dem rauhen Pfad in der menschlichen Gesellschaft erschließen werden, dann weine keine Thräne um das Andenken deines unglücklichen Erzeugers, nein, denn Weinen kommt den schwachen, feigen Herzen zu. [...]

Am Mittage des 17. September des Jahres 1868 habe ich auf einem öffentlichen Platze einen armen Menschen ermordet. Ich war damals achtzehn Jahre alt, von erregbarem Temperament, von heißem Sinn, und ob aus Antrieb des Zornes oder nicht, das schlechte Betragen jenes Dummkopfes, meines Bruders, ist die Ursache gewesen, daß ich einen Menschen ermordete und mich kopfüber in ein Meer von Schmach stürzte.

Der Roman eines geborenen Verbrechers. Selbstbiographie des Strafgefangenen Antonino M...« erscheint im Herbst 2011 als erweiterte Neuauflage der deutschen Erstausgabe von 1894. Illustriert von Antonia Kühn, editorisch erweitert von Virgil Guggenberger.

Edition Krill

Immer Freitag.

**Jeden Freitag ein Kleinod, diesmal
mit ohne.**

Was wäre der Mond ohne Sonne, die Sonne ohne
Strahlen, das Strahlen ohne Kraft, die Kraft ohne Anstrengung, die Anstrengung ohne Zweck, der Zweck
ohne Grund, der Grund ohne Boden, der Boden ohne
Ende, das Ende ohne Anfang, der Anfang ohne Ziel?
Das wäre wie ein Text ohne Pointe, wie eine Suppe
ohne Salz!

Immer Freitag.

Jeden Freitag ein Kleinod, diesmal ohne mit.

Was aber wäre ein Text ohne Pointe? Das wäre wie eine Suppe ohne Salz, wie ein Tiegel ohne Schmalz, wie die Mauser ohne Balz, wie die Zünfte ohne Walz, wie die Kante ohne Falz, wie der Hopfen ohne Malz, wie das Rheinland ohne Pfalz. Wie ein Reim auf Silber: will wer?

Immer Freitag.

Jeden Freitag ein Kleinod, diesmal eine praktikable Apparatur.

Imponieren Sie Ihrer Liebsten beim Zielschießen auf Dosen. Öffen Sie Fenster rasch und ohne jeden komplicierten Mechanismus. Lassen Sie unangenehme Zeitgenossen Ihre Missbilligung schnell und deutlich spüren. Und beschützen Sie Ihre Salatköpfe elegant wie effektiv vor den Zudringlichkeiten ober- und unterirdischer Nager. Oder vertreiben Sie allgemeine Langeweile spontan en gros und en detail:

Die Zwille* ist eine äußerst praktische wie auch kurzweilige Apparatur und erfreut sich zu Recht steigender Beliebtheit bei Groß und Klein. Dazu ist sie im Eigenbau ausgeführt auch für die kleine Börse weiters keine große Belastung.

* Bitte Vorsicht und Umsicht: Eine Zwille ist keine Garantie für die erfolgreiche Abwehr eines Goliath! Dieser wurde nämlich von einer Schleuder niedergestreckt.

Was wird benötigt?

- 1 Astgabel, möglichst symmetrisch
  (optimaler Gabelwinkel: 40° – 60°)
- 2 Einkochgummibänder
- 1 Stück Leder
- 1 gutes Messer

Wie wird's bewerkstelligt?

- Eilen Sie in den nächstgelegenen Wald und schneiden Sie eine taugliche Astgabel. Achten Sie dabei besonders auf eine für Sie passende Griffstärke –

sie ist das Um und Auf für eine gelungene Hand-
habe der Zwille!

- Schneiden Sie nun das Leder rechteckig zu. Es
  dient in Folge zur Aufnahme des Schussgutes.
- Durchschneiden Sie die beiden Gummibänder.
- Setzen Sie ferner an den schmalen Seiten des
  Leders zwei Schnitte parallel zum Rand.
- Durch die entstandenen Öffnungen ziehen Sie
  jetzt jeweils das Ende eines Gummibandes und
  verknoten dieses mit dem Leder.
- Die beiden anderen Enden verbinden Sie mit den
  beiden oberen Enden der Arme der Astgabel, die
  das V bilden.
- Und schon ist Ihre Zwille fertig für den Einsatz!

Die hier beschriebene Variante ist natürlich nur ein
Basismodell, an dem eine Unzahl Verfeinerungen
möglich sind. So können sämtliche Knoten unter
Zuhilfenahme von Bindfäden (Stichwort: Würge-
knoten) verwirklicht werden, das erhöht die Stabili-
tät und die Lebensdauer Ihrer Zwille. Schnitzereien
an Schaft und Armen in Verbindung mit teilweiser
Entfernung der Rinde geben Ihrer Zwille nicht nur
eine persönliche Note, sondern machen diese zu
einem exquisiten modischen Accessoire, das, mit
Laissez-faire in der Gesäßtasche getragen, Ihre moderne Einstellung zum Leben unmissverständlich
zum Ausdruck bringt.

Immer Freitag.

Jeden Freitag ein Kleinod, diesmal:
Irgendwo im Niemandsland.

Sternenklare Nacht. Die Beengtheit einer Fahrzeugkabine. Klimaanlage auf Anschlag, ebenso das Gaspedal. Mit über hundert Sachen jagen drei Gestalten in einem Käfig aus Metall durch die Finsternis. Im Radio läuft eine Nummer von Frank Sinatra, während draußen Sternen gleich funkelnde Lichter vorbeiziehen.

Der eine von den dreien, Edwin, kritzelt etwas in einen alten Reiseatlas; kleine Notizen, Fragmente – Nachrichten für später. Linkerhand, am Steuer, sitzt Michael. Neben der üblichen Spiegel-Spiegel-Schulterblickroutine zeugt seine Gestik von dienstfertiger Aufmerksamkeit. Guter Dinge und mit gesenkter Stimme summt er zur Transmission: »*Fly me to the Moon, let me play among the stars, let me see what spring is like on Jupiter and Mars...*«
 Ganze Galaxien gleiten ins Blickfeld, wandern stumm über das Armaturenbrett hinweg, verschwinden hinter einer Strebe, um wenig später noch einmal aufzutauchen im Seitenfenster. An der Außenhaut kondensiert Wasser. Am Tacho blinkt ein grünes Lämpchen. Neil, auf der Rückbank eingeschlafen, fährt plötzlich hoch. Sein Blick, zuweilen an die stroboskopartig aufblitzende Mittelleitlinie genagelt,

schweift suchend umher. Er kurbelt das Fenster hinunter und atmet ein paarmal tief ein. Wieder dieser Albtraum: Der alte Traum vom Fallen. Schwerelos und dabei so unheimlich in seiner Wucht.

Michael navigiert den Wagen an die Seite, in den hell erleuchteten Hof des »Moonlighter Inn«, eine unwirkliche Schönheit unter den zahllosen Imbissen, mit grotesk großen Neonkratern an der Fassade.

Neil und Edwin steigen aus, sich die Beine zu vertreten und etwas gegen den aufkeimenden Hunger zu tun. Der Imbiss wirbt für seine berühmten Käsepfannkuchen: Sie lassen sich locken und ordern dazu zweimal Frittiertes und je ein großes Malzbier. Und einen kleinen Muntermacher für Michael, der unterdessen draußen wartet, sich den Rücken geradebiegt und anfängt zu sinnieren, über die Endlosigkeit des Highways, die Ausmaße von Raum und Zeit und die stille Einsamkeit der Welt.

Endlich kehren Neil und Edwin zurück. Gut gelaunt und mit glühenden Wangen hüpfen sie aufs Fahrzeug zu. Der Wagen, ein beharrliches Vehikel mit dem Durst einer Trägerrakete und dem Kilometerstand einer Raumfähre, wartet geduldig, während die Passagiere schmatzend zurück in dessen Bauch kriechen. ...

··· Dann setzen sie sich in Bewegung – verlassen den Neonorbit der Imbissstube, heften das linke Vorderrad an den Mittelstreifen und verschwinden, auf den Horizont zielend, ins Schwarz der Nacht.

Anm.: Verfasst anlässlich des 40. Jahrestages der ersten bemannten Mondlandung am 20. Juli 1969.

Immer Freitag.

Jeden Freitag ein Kleinod, diesmal: Stillleben.

Es ist eine bunte Mischung von Früchten aus allen Teilen der Welt, die hier, am Küchentisch zwischen allerlei Gerätschaft versammelt, wie zufällig nebeneinander zu liegen kommen. Dennoch hat man das Gefühl, hier ist nichts dem Zufall überlassen:

Unwillkürlich bleibt der erste Blick auf dem Apfel hängen. Er ist wahrhaftig ein echter Steirer, rundum gesund und munter, mit rot schimmernden Pausbacken als unübersehbaren Beweis seiner wohligen Befindlichkeit. Kein Mann großer Worte, schöpft er aus seiner tiefen Verbundenheit zur Heimat Kraft und strahlt diese auf seine unmittelbare Umgebung ab.

Anders die Banane. Zwar ist ihr des Apfels Verbundenheit mit der heimatlichen Scholle nachvollziehbar, ihre eigene Geschichte aber ist eine völlig gegensätzliche. Das Vaterland Panama ist ihr nur noch in dunkler Erinnerung, ihre anziehende Reife entwickelte sie erst auf den weiten Reisen zu Wasser und zu Lande. In den langen Stunden eintöniger Überstellungsfahrten lernte sie vor allem eines: Zuhören und jedem Detail einer Erzählung das notwendige Gewicht beimessen.

Hinter den beiden tuscheln die Trauben. Ein lustiges Völkchen, das sich in der Gruppe am wohlsten fühlt und als besonders kommunikativ gilt, als Individuen aber unsicher und schreckhaft wirken. Trennt man die Traube vom schützenden Rispenverband, verliert ihr Körper rasch jegliche Spannkraft und sie ergibt sich der völligen Teilnahmslosigkeit ihrer Umwelt gegenüber. Die verwaiste Traube altert und verfällt in kürzester Zeit.

Von dem andauernden Gewisper fühlt sich die Orange arg belästigt. Sie kommt aus dem sonnigen Kalifornien und versteht sich als eigene Klasse. Für gewöhnlich werden Orangen als äußerst arrogant und ich-bezogen eingeschätzt. So leider auch dieses Exemplar, das jegliche Kommunikation mit Nicht-Zitrusfrüchten (geschweige denn Gemüse!) strikt ablehnt. Diese elitäre Einstellung macht die Orange leider oft künstlich einsam und bisweilen säuerlich.

Bleibt die Birne. Ebenfalls Steirerin, sucht sie ganz klar die Nähe zum Apfel. All das andere fremde Volk ist ihr etwas unheimlich, auch wenn sie für den unbeteiligten Betrachter meist als in sich ruhend empfunden wird. Doch ist dies weiter nichts als ein klassisches Fluchtverhalten, der Rückzug, die Abkapselung von äußeren Einflüssen, die in betonter Ruhe und Gelassenheit die eigene innere Unsicherheit kaschieren hilft.

Nachdem nun alle Zutaten bereit liegen, das Obst nach Art entkernen, schälen und in feine Scheiben schneiden. Mit Zucker, Zitrone oder Edelspirituosen mazieren und kaltstellen. Nach Geschmack fein gehackte Nüsse oder Mandeln untermengen. Die Banane erst kurz vor dem Servieren dazugegeben. Halbfeste Schlagsahne, Vanilleeis oder Feingebäck separat reichen – Guten Appetit!

Immer Freitag.

Jeden Freitag ein Kleinod, diesmal ein Anagramm in Wort und Bild.

Rosine   Senior

Immer Freitag.

**Jeden Freitag ein Kleinod, diesmal:
The Grapes of Wrath.**

Man kennt ihn zur Genüge und unterdrückt ihn oftmals mühevoll, den heißen Zorn. Aber mitnichten sehen wir uns einem blinden Zerstörer gegenüber als vielmehr einem diffizilen Kunstschaffenden.

Halten wir uns das Bild vor Augen, wie in längst vergangenen Tagen ein Sumerer versuchte, einen ebenmäßigen Block aus Stein zu hauen. Doch wollte sich die klare Linie nicht und nicht entwickeln. Entnervt schlug der Mann in wildem Zorn nun dermaßen auf sein Werkstück ein, dass dieses sich zusehends rundete und, mit einem kräftigen Fußtritt beschleunigt, den Hang hinunter davon rollte. Das Rad war erfunden!

Gehen wir in der Geschichte noch weiter zurück, sehen wir einen jungen Mann eurasischer Abstammung aus der Mittelsteinzeit, der emsig an einem Gefäß arbeitet. Allein es widersetzt sich seinen Vorstellungen, der Ton ist schon zu trocken, der Rand gerät zu dünn und die Form zu schlank. Das Werkstück wird zur Quelle erheblichen Unmuts und findet, von zorniger Hand geschleudert, sein vorläufiges Ende im lodernden Herdfeuer. Die erste Keramikarbeit stand kurz vor ihrer Vollendung!

Und am Anbeginn aller Zeit? Gott der Herr war unzufrieden mit den Seinen: Alles und jeden machten sich die Menschen zu Nutze, all ihr Sehnen und Streben galt allein der persönlichen Bereicherung. Gott der Herr versuchte es anfangs mit mahnenden Worten, dann sollte ewiger Regen das Mütchen der Menschheit kühlen. Als aber alles nichts fruchtete, schleuderte er – um seinem Zorn Ausdruck zu verleihen – ganze Bündel von Blitzen auf die Erde. Doch verstanden die Menschen seine Zeichen? Keineswegs. Findig schleppten sie die brennenden Äste der Bäume fort in ihre Höhlen, um beim wärmenden Schein der ersten Herdfeuer bis tief in die Nacht hinein weiter ihren sündigen Geschäften nachzugehen!

Darum und trotzdem: Der Zorn will gepflegt sein, denn er hat immer auch sein Gutes. Wenn dennoch nicht aus jedem Wutausbruch Großes entsteht, so ist das längst noch kein Grund, sich über die Maßen aufzuregen!

Immer Freitag.

**Jeden Freitag ein Kleinod, diesmal
Feinkost.**

Als Abenteurer auf See sollte man immer darauf
gefasst sein, sich mit Wunderdingen ebenso zu ar-
rangieren wie mit misslichen Umständen. Wie zum
Beispiel diesem:

Ein Sturmtief hat seine Drohung wahr gemacht, mit
Riesenfäusten das Schiff gegen die scharfen Klippen
einer einsamen Insel geworfen und dort Stück für
Stück zerschlagen. Im Kampf mit den Gewalten
kann man weiter nichts auf die Insel retten als das
nackte Leben. Die Insel aber ist so nackt wie man
selbst, der Boden steinig, das wenige Gras verdorrt,
Landtiere sind keine zu sehen und die peitschenden
Wellen versprechen kaum Aussicht auf erfolgreichen
Fischfang.

An der Zeit also, auf sich selbst als Lebensgrund-
lage zurückzugreifen und gewisse Überlegungen
anzustellen: Wird man den Arm oder das Bein weniger vermissen? Links oder rechts? Bei Finger oder
Zehen beginnen, oder gleich das ganze Stück? Wäre
es nahrhafter, vom eigenen Schmerbauch etwas
abzuknappen, oder sich ganz auf das Muskelfleisch
der Beine zu konzentrieren? Wird man, wenn man
schon den eigenen Harn getrunken hat, auch das
eigene Blut nicht mehr verschmähen? Und, als erste

Grundlage all dieser fürchterlichen Überlegungen: Ist es dem Menschen überhaupt gestattet, aus bloßem Überlebensdrang sich selbst – das Ebenbild Gottes! – zu verspeisen?

Die Kannibalen einer nur sieben Seemeilen entfernten Insel drücken diese Fragen herzlich wenig. Für sie als exzellente Köche ist in erster Linie eines wichtig: Die Ingredienzen müssen frisch sein!

Immer Freitag.

Jeden Freitag ein Kleinod, diesmal Urlaubspost.

Grüß dich, Gustl!

Drei Wochen bin ich nun schon in den Ferien. Die Arbeit im letzten Monat hat sehr an meinen Kräften gezehrt und du kannst dir sicher denken, dass ich mich erst langsam wieder ans Nichtstun gewöhne.

Das Wetter hier bemüht sich redlich, von der Natur gibt es viel und auch die Verpflegung ist reichlich. Die hiesigen Berge bieten eine ausgesprochene Fernsicht, und kitschig ist bloß ein Hilfsausdruck für das, was sich allabendlich am Horizont abspielt. Es sieht hier übrigens genau so aus wie auf dem Bild, das bei dir in der Küche über der Spüle hängt. Kaum zu glauben, was?

Ich hoffe, du bist wohlauf und bringst deine Schicht gut herum. Oder wie der Amerikaner sagt: Mach' Heu solang' die Sonne scheint! In diesem Sinne! Und grüß' mir den Rest der Rasselbande, ja?

Gehab' dich wohl, bis zum nächsten Jahr!
Dein Julerl.

Immer Freitag.

Jeden Freitag ein Kleinod, diesmal Sternschnuppen und Wallerschuppen.

Wie wundersam doch das Erlebnis, mitten in der Nacht an einen See zu gehen, hineinzusteigen und sich in der Dunkelheit forttreiben zu lassen:

Wir liegen am Rücken, schweben reglos zwischen den Elementen. Die spiegelglatte Oberfläche umschließt das Gesichtsfeld, zieht eine Trennlinie zwischen Luft und Wasser und scheidet Dämmerlicht von tiefem Schwarz. Bis ganz ans Ufer heran tritt majestätisches Holz, stehen Schwarz- und Silberweiden, Erlen und Pappeln. Ihre Kronen bilden eine gezackte Silhouette, die der See symmetrisch bricht. Im Schilfwerk darunter harrt ein Waller und atmet gemessen die zahllose Zeit.

Dergestalt im Wasser liegend lösen sich unsere Sinne von den bekannten Ufern und die Welt gerät aus ihren Angeln. Unsere Augen folgen dem funkelnden Band der Via Lactea, während die Ohren dem dumpfen Glucksen des nachtschwarzen Gewässers horchen. Wir schmecken die Luft, riechen die Stille und spüren das Atmen. Wir hören, wie der Kosmos sich zur Seite neigt und das Oben sanft nach unten kippt. Gäbe es nicht hie und da ein Wölkchen, das den Blick festhält, man vermeinte mitsamt der Weltkugel in den Sternenhimmel zu fallen.

Am äußeren Rand des Blickfelds jagt plötzlich eine Sternschnuppe vorbei, viel zu rasch für jedes Wünschen. Dann wachsen uns Häute zwischen den Fingern, am Hals öffnen sich Kiemen und aus dem Körperhaar bilden sich silbrige Schuppen – kleine Spiegel, in denen ein Waller nun nach Sterntalern schnappt. Und mit einem gewaltigen Flossenschlag tauchen wir ab.

Am nächsten Morgen zeugen lediglich vereinzelte Barfußspuren in Ufernähe vom nächtlichen Treiben. Die Fischer aber wundern sich: Die Reusen blieben diesmal leer.

Immer Freitag.

Jeden Freitag ein Kleinod, diesmal Waidwerk.

Sorgfältiges Ansprechen, waidgerechtes Stellen und gekonntes Zerwirken: Für den Jagderfolg sind profundes Wissen und überlegtes Handeln grundlegend.

Als klassisches Beispiel dafür gilt das im Folgenden angeführte Tier, dem zwar häufig nachgestellt, das aber selten auch zur Strecke gebracht wird. Hauptgrund für das Scheitern ist die Jagderöffnung aus dem Affekt ohne die notwendige Kenntnis und entsprechende Planung. Dem soll hiermit ein für alle Mal Abhilfe geschaffen werden:

Erfahrene wie auch junge Jäger werden gleichermaßen von diesem Allesfresser herausgefordert. Ob pflanzliche oder tierische Nahrung und selbst Exkremente, alles ist dazu angetan, die Fresslust dieses tagaktiven Flugakrobaten zu wecken. Außergewöhnliche Reaktionsfähigkeit und hervorragende Augen runden dessen passive Verteidigung ab. Bejagung verspricht nur in präzisem Zusammenspiel von Konzentration und Köperbeherrschung Erfolg.

Der besondere Reiz indes liegt in der Unmittelbarkeit des Jagdgefühls: Nichts weiter als die bloße Hand ist im Einsatz. Sie wird dabei von vorne so langsam wie möglich an das sitzende Tier herangeführt. Man nützt so einen wunden Punkt in der Beweglichkeit des Tieres aus, das zwar im freien Flug kaum erlegt werden kann, zum Starten aber eine kurze Strecke nur nach vorne – und somit direkt in die plötzlich zuschnappende Hand des Jägers – benötigt.

Soweit diese Form der Bejagung beherzt umgesetzt wird, dürfte es keiner aus einem ordentlichen Ei geschlüpften Fliege gelingen, sich dem Zugriff des Jägers zu entziehen. Und lassen Sie sich von Jägerlatein Ihren Erfolg nicht kleinreden: Die Prahlerei mit den »Sieben auf einen Streich« ist im Reich der Märchen gut aufgehoben.

Immer Freitag.

Jeden Freitag ein Kleinod, diesmal aus der Serie »Freudvolle Freud'sche Fehlleistungen«: Der Verschicker.

```
TO:
311049-  0

Wolfgang Gosch
Kopreinigg 25

St. Ulrich i. Greith,
Austria

USPS International
```

JUL 29 2004 USPS

63.8c

MISSENT TO MELBOURNE
AUSTRALIA

V.N. RAISED:- 04/2995

ON
IL

Immer Freitag.

Jeden Freitag ein Kleinod, diesmal Tageszeiten.

Meistens ist er schon da, wenn man etwas nach Mittag das kleine Kaffee betritt. Klebt da förmlich in seiner Sitzecke neben der Tür. Alt ist er nicht, sein Anzug sitzt, auch wenn er etwas knittert. Ein Mantel, klassisch in Schnitt und Farbe, liegt neben ihm auf der Bank. Er verdeckt teilweise einen abgewetzten braunen Lederkoffer. Der Mann scheint Zeitung zu lesen, doch blättert er nie um, sein Kopf hängt etwas kraftlos über den Seiten. Manchmal lässt er die Zeitung langsam sinken, legt sie dann zur Seite und die Hände auf das Tischchen. Dann nimmt er das Blatt wieder auf und fährt fort zu lesen, ohne zu blättern. Immerhin hebt er den Kopf nach eintretenden Gästen, seine Augen aber bleiben stumpf. Ein Stück Süßspeise steht vor ihm, Marmorkuchen, halb angefangen, das Schlagobers sackt unberührt in sich zusammen. Daneben unbeachtet erkaltender Kaffee. Er nimmt einen Schluck, setzt die Tasse ab, nimmt sich Zucker, rührt, legt den Löffel neben die Untertasse, nimmt einen zweiten Schluck. Handzeichen, ein neuer Kaffee. Eine Fliege lässt sich am Rand der neuen Tasse nieder, dreht zuerst ihre Runden, findet dann die Ruhe, sich zu putzen. Zwar wird sie vom Blick des Mannes verfolgt, seine scheuchende Handbewegung aber ist letztlich nur halbherzig, mehr eine

Pflichterfüllung. Darüber erkaltet auch der zweite Kaffee. Und darüber vergeht die Zeit.

Unvermittelt, mit einem kleinen Ächzen, faltet der Mann seine Zeitung, tut sie in den Lederkoffer, entnimmt seiner Börse einen Schein, den er auf den Tisch legt. Etwas Kleingeld dazu. Mantel und Lederkoffer in der Linken verlässt er das Lokal. Im Hinausgehen stößt er fast mit einem älteren Herrn zusammen, der eben das Kaffee betritt. Strammer Schnauzbart, großer Hut, hemdsärmelig, ein gerötetes Gesicht und darin glitzernde Äuglein.

Mag sein, dass es nicht besonders höflich ist, so etwas zu sagen: Aber es ist doch fein, wenn der zähe Nachmittag endlich dem Abend Platz macht!

Immer Freitag.

**Jeden Freitag ein Kleinod, diesmal
eine Charakterkunde mittels
Scherenschnittschnäbel.**

Insektenfresser:

Samenfresser:

Nektarfresser:

Fruchtfresser:

Koniferensamenfresser:

Meißeler:

Eintauchfangsackbenutzer:

Wasseroberflächenabsucher:

Stocherer:

Schlammstocherer:

Filtrierer:

Stoßtaucher:

Fischverfolger:

Aasfresser:

Fleischfresser:

Alleskönner:

Immer Freitag.

**Jeden Freitag ein Kleinod, diesmal:
Mäßigung.**

Das alte Sprichwort vom Spatz in der Hand und der Taube auf dem Dach mahnt uns zu Bescheidenheit und gelebter Genügsamkeit: Sei zufrieden mit dem was du hast, und träume nicht von Dingen, die du nicht erreichen kannst.

Doch freilich strebt der Mensch gerne nach dem Höheren, nach mehr und Besserem. Dabei geschieht es ihm mitunter, dass er sich von seinem eigenen Wagemut überrumpelt sieht und froh ist, am Handlauf eines schönen Sprichwortes wieder sicher auf den Boden der Realität zurückzufinden, während er reuig den *status quo* zum *modus vivendi* erklärt.

Inzwischen aber zeigt sich, dass hinter der vordergründig hehren Idee eines hübschen Sprüchleins gerne auch ganz pragmatische Ansichten stecken: Der Spatz ist zwar ein freches, dafür aber recht possierliches Tierchen. Die Taube auf dem Dach hingegen macht schrecklich viel Mist und schlägt gurrend Lärm zu morgendlicher Unzeit. Der Spatz ist folglich der Taube vorzuziehen.

Apropos Mäßigung, warum nicht einmal mit Kanonen auf Tauben schießen, beziehungsweise:

*Bescheidenheit ist eine Zier,
doch weiter kommt man ohne ihr!*

Immer Freitag.

**Jeden Freitag ein Kleinod, diesmal
die Farbe Blau.**

Wir möchten meinen, die Farbe Blau sei allgegenwärtig und daher leicht zu erspähen. Begeben wir uns an den Strand und blicken hinaus aufs Meer: Blau? Eher türkis. Smaragden bisweilen. Oder sehen wir tief in die Augen der Freundin: Blau? Eher graugrün. Rehbraun mitunter. So wenden wir den Blick schließlich suchend zum Himmel: Blau? Mit Sicherheit, wären bloß die Wolken nicht.

Immer Freitag.

**Jeden Freitag ein Kleinod, diesmal:
Müll.**

Sonntagvormittag. Zurückkehrend von einem erfrischenden Morgenspaziergang erblickt man beim
Aufschließen der Wohnungstüre den Müllsack des
Nachbarn. Prall gefüllt und etwas erschöpft lehnt er
da in der Türleibung. Die zarte Milchfärbung seiner
Haut lässt den Inhalt verschwimmen. Hebt man die
Tüte aber etwas an, dreht sie hin und her, so kann
man im Licht des Gangfensters recht gut erkennen,
was anfangs schon zu ahnen war:

Eine Parmesanverpackung, die günstige Marke
vom Supermarkt in der Nähe. Irgendwo muss man zurückstecken. Eine Coca-Cola-Dose, zerknüllt. Warum
nicht Pepsi? Eine Milchpackung, Inhalt einst länger
haltbar, nunmehr ausgetrunken und flachgedrückt.
Das spart Einkaufsgänge und Platz im Müllsack!
Ein Glas Salsa-Dip, bestimmt sauber ausgeschleckt.
Aber Mülltrennung? Ein Taschenbuch, »Der Butt«.
Manches muss man nicht für immer haben. Ein
Zwiebelnetz, dazu Kartoffelschalen. Wo wurden die
Originale hineinverkocht? Und jede Menge Teebeutel
aller Marken und Geschmäcker. *Variatio delectat.*

Soviel zum ersten Augenschein, ein Bild beginnt sich
zu entwickeln. Tatsächlich Einblick erlaubt aber nur
das Detail, also wird die Tüte aufgeschnürt.

Ein Apfelputzen, noch einigermaßen frisch. Ehrliches Gesundheitsbewusstsein, oder eine Tat im Affekt? Stängel von Petersilie, säuberlich abgezupft. Zu Pilzgerichten gibt es nichts Besseres! Butterpapier, von der guten Irischen mit der salzigen Note. Nicht jedermanns Geschmack, doch wer sie mag, der liebt sie. Zigarettenstummel, scheinbar alle gleich. Markentreue schützt wirksam vor Entscheidungsdruck. Einige Streichhölzer, nur kurz angebrannt. Ein Gasherd also. Kronkorken, nicht geknickt. Form und Ausrichtung der Druckstellen verraten den Profi. Küchenrollenpapier, versetzt mit Haaren. Wahrscheinlich aus dem Abfluss. Brotrinde, vom Schwarzbrot. Das ist etwas maniriert. Als Füllsel schließlich jede Menge Kehricht in großen und kleinen Flusen. Kein Staubsauger, das ist sympathisch umständlich!

Das Seltsame an dieser Sache ist nun aber nicht, sich für den nachbarlichen Müll zu interessieren. Seltsam ist vielmehr, zu welchen Handlungen ein Mensch gedrängt wird, dem es trotz der sich ausweitenden sozialen Kälte der modernen Großstadt nicht egal ist, mit wem er sich das Dach über dem Kopf teilt!

Immer Freitag.

Jeden Freitag ein Kleinod, diesmal *vereinbart*.

Immer Freitag.

Jeden Freitag ein Kleinod, diesmal gibt es Eier.

Weit verbreitet ist die Meinung, das Wichtigste am Ei sei dessen innere Befindlichkeit. Und aus der Analyse von bevorzugten Konsistenzen ließen sich sogar Rückschlüsse auf die jeweiligen Persönlichkeiten ziehen, heißt es. Soweit alles gut und richtig, aber eine gewissenhaft durchgeführte Studie muss bereits beim Öffnen des Eies ansetzen. Aus einer Vielzahl individueller Varianten können wir drei Grundtypen herausfiltern:

Der Grobian. Er schwingt sein Messer in einem weit ausholenden Bogen gegen die Schale, schlägt wuchtig mit dem Löffel zu oder führt die Gabel wie einen Dreizack gegen das Objekt. Im Triumvirat der Essbestecke bedient er sich aller Hilfsmittel, um sein Ziel zu erreichen: Der zarte Dom des Eigupfs birst unter Schlägen oder Stichen, und ungestüme Handgriffe erledigen den Rest, bis der Inhalt sich dem Verzehr ergibt. Das ist kein Öffnen, das ist mehr eine Attacke.

Wir wollen dies aber nicht hochmütig als sinnesstumpf verteufeln, sondern vielmehr den völlig unbeschwerten und erfrischend hemmungslosen Zugang zu dem gesunden Naturprodukt feiern.

* Unter Oologen umgangssprachlich wechselnd als Brecher, Trümmerer oder Schwingschläger bezeichnet.

Der Wohlerzogene. Mit dem Knigge in allen Lebenslagen auf freundschaftlicher Basis verkehrend, weiß er sich seinem Ziel mit Anstand zu nähern. Ein einzelner, bewusst gesetzter Schlag mit dem Perlmuttlöffel zeitigt einen Riss, der im zarten Zugriff von Daumen und Zeigefinger das Ei alsbald zur Konsumation freigibt. Aber wenn auch Handlung und Ergebnis ohne Makel sind, so haftet diesem Gestus doch etwas Schales an. Die Zeremonie stört das Zelebrierte. Scheinbar schwer wirkt im Essenden das Bewusstsein um die kultische Bedeutung des Eies, weit tiefer noch als der Löffel in den Dotter sinken die Gedanken zu Schöpfungsmythen, Fruchtbarkeitssymbolik oder gar zum Ursprung des Lebens.

Ein armer Sonderling also? Keineswegs. Ist doch das tiefere Wissen um die Dinge des Lebens für die Seele das, was die wohlige Schalenwärme des Eies für die Hände ist.

Der Tüftler**. Trotz, oder vielleicht gerade wegen höchster Begabung Kind geblieben, ist es ihm nicht um die Nahrung, sondern um die Spielarten seiner Eröffnung zu tun. Nicht der Hunger treibt ihn des Morgens aus dem Bett, sondern das Bedürfnis, erneut der Eierschale zu Leibe zu rücken. Mit Zirkel und Lot werden Schlagwinkel getestet und in Tabellen eingetragen. Dazu gibt es Listen der Materialitäten, Formen und Schwinggeschwindigkeiten von allerlei

** Nicht zu verwechseln mit seinem eher uninspirierten Pendant, dem Eisollbruchstellenerzeugerbenutzer.

zwecknahen wie -fernen Gerätschaften. All das wird in Relation zu Schalenfarbe, Form und Temperatur gesetzt. Ein Skizzenbuch mit Bruchbildern komplettiert die Aufzeichnungen.

Wer an dieser Stelle den Vorwurf erhöbe, das würde doch an der eigentlichen Sache, dem Frühstücksei, treffsicher vorbeimanövrieren, ist selbst gedanklich auf Grund gelaufen. Sind es doch unter andrem genau diese Untersuchungen, die das Bild vom Ei abrunden.

Und gibt es einen Schluss, eine Lehre aus dieser Angelegenheit zu ziehen? Gewiss doch: Unser Dank gilt dem Huhn, das all dies erst möglich macht!

P.S. Ist es nicht geradezu erstaunlich, wie sich die beiden Nullen der Zahl 100 gleichen wie ein Ei dem anderen?

P.P.S. Und nocheinmal 100: Wir verabschieden uns diese Woche mit gezogenem Hut und in tiefer Verbeugung vor Claude Lévi-Strauss, 100 Jahre jung.

Immer Freitag.

**Jeden Freitag ein Kleinod, diesmal
vom Tagesgeschehen.**

Der Unternehmensberater berät Unternehmen. Ein
Koch kocht Eintopf. Nudelgerichte werden angerich-
tet. Der Richter vereidigt, der Anwalt verteidigt. Ein
Betrunkener sitzt am Straßenrand und klärt Straf-
sachen. Der Zirkusdirektor scheucht die Jongleure,
schaut in die Menge, scheut die Manege. Ein Post-
bote klingelt, zweimal. Eine Frau rafft sich auf. Ihr
Mann kommt jetzt früher nach Hause. Ein Alligator
gähnt. Ein Hufeisen fällt die Stufen hinauf. Bäume
werden nass vom Regen, der Wald schwitzt Nebel-
fäden. Ein Vogel kreischt. Eine Motorsäge kreischt.
Hemdchen werden maßgeschneidert, Kleidchen an
der Frau beneidet. Container werden verschoben,
still und heimlich mitten im Hafen. Harfenzupfen
im Konzertsaal, dazwischen Räuspern, Husten,
Klatschen. Eine Zigarette verbrennt, eine Steckdose
gibt den Geist auf. Eine Wohnung wird geräumt,
eine andere bezogen. Brüder werden übervorteilt,
Schwestern unterwiesen. Landstriche werden begra-
digt, Flussläufe gesäumt. Treffen werden abgehalten,
Bitten abgeschlagen. Bumerange werden geworfen
und kommen nicht zurück. Kinder werden getriezt,
Senioren gesiezt. Ein Schornstein raucht, ein Ofen
faucht auch. Das Universum rauscht. Milchmädchen
rechnen, Bruchstriche brechen, Malzeichen tun so,

Minuszeichen anders. Reis wird gekocht, an Türen gepocht, Fleisch zerkocht und widerwillig verspeist. Die Delfine tummeln sich: große Tümmler lümmeln nicht. Formulare werden ausgefüllt, Formeln verglichen und Gleichungen gelöst. Ein Buchmacher zupft nervös am Ärmelschoner. Der Zeiger hakt Sekunden ab, ganz gleichmäßig. Den Austräger ärgert das Wetter. Ein Notizzettel fliegt in den Papierkorb. Ein Kind hüpft den Tanz. Ein Lehrer schreit, ein Schüler weint. Ein Kreislauf schließt. Menschenleben stehen am Spiel. Der Bauer zieht, der König stürzt, verliert. Späße werden ausgebrütet, Wasserhähne kaltgemacht. Vieles geschieht, manches bleibt liegen. Dinge werden sortiert, Sachen notiert, Speisen gewürzt, Regime gestürzt, Stunden gekürzt, Tage verlängert der Kaffee. Schaum geschlagen, Glas geblasen, Reden geschwungen, Sklaven gezwungen. Tische gewischt, Kerzen gezogen, Farben befüllt, Dosen zerknüllt, Männer wie Frauen betrogen. Leistungen erbracht, Potenziale entfacht. Nuten geschweißt, Wunden vereist, Bälle geworfen, Räder geschlagen, Punkte gemacht. Melonen geschnitten, Familien belohnt. Erbschaften erstritten, Filme vertont. Gräser erhalten, Atome gespalten. Fische werden gefangen, und alten Lieben wird nachgehangen. Und freitags ab eins macht ein jeder seins.

Immer Freitag.

Jeden Freitag ein Kleinod, diesmal bitte hinten anstellen.

Hinter dem Vordermann zum Stillstand verurteilt bleibt Zeit, ein paar Dinge ganz nüchtern zu betrachten und sich in die Mathematik und weiter in Teilbereiche der Stochastik zu vertiefen:

Zunächst einmal, wie konnte es zu dieser misslichen Situation kommen? Nun, die Erklärung ist einfach: Eine Warteschlange* entsteht, wenn an ein System gleichzeitig mehr Anforderungen gestellt werden, als dieses pro Zeiteinheit verarbeiten kann. Diese Überforderung liegt vor allem in der Unregelmäßigkeit der Anforderung. Wie zum Beispiel in diesem Supermarkt am Schwanken des Kundenzustroms und der jeweiligen Einkaufsvolumina.

Zur Erläuterung: Instinktiv wählt man für sich die kürzeste Warteschlange, um möglichst rasch bedient zu werden. Das kann sich aber als folgenschwere Fehlkalkulation herausstellen. Die Warteschlange ist nicht nur abhängig von der Zahl der Wartenden, sondern ebenfalls von deren Einkauf. Wenn also in einer langen Schlange vorwiegend Kunden mit kleinen Einkäufen stehen und in einer kurzen viele Kunden mit großen Einkäufen, kann es vorkommen, dass man in der langen Schlange schneller bedient wird. Was ist also zu tun? Haben Sie ein Auge auf

* Bitte sich in diesem Zusammenhang unbedingt näher mit der Kendall-Notation zu beschäftigen, die eine normierte und somit allgemeinverständliche Klassifizierung eines Wartesystems erlaubt. (David George Kendall, * 15. Januar 1918 in Ripon, Yorkshire, England; † 23. Oktober 2007 in Cambridge)

beide Komponenten. Wie viele Personen stehen vor Ihnen, und wie viel haben diese in ihren Einkaufswägen.

Generell gilt: Je größer das System ist, umso besser können auftretende Unregelmäßigkeiten ausgeglichen werden.** Es ist für das System Supermarkt also besser, zwei Kassen zu haben als eine, und besser vier als zwei! Entsprechend kürzer wäre die kumulierte Wartezeit. Doch an dieser Stelle wird gern gespart und mit Ressourcen gegeizt. Von Sparen kann aber die Rede nicht sein: Zeit ist Geld, und hier an diesem Engpass entsteht schwerer volkswirtschaftlicher Schaden! Indem man Menschen davon abhält, ihrer Arbeit nachzugehen, folgt daraus nicht eine Schwächung der Gesamtkaufkraft des Landes und im Rückschluss eine Schwächung der Kaufkraft des Einzelnen im Supermarkt?

Was aber hilft letztlich alle Theorie, wenn die Praxis zur Pression wird: Die eigene Einkaufstasche schneidet schmerzlich in die Schulter. Die Dame an der Kassa hat mit Schichtbeginn vier ihrer fünf Sinne auf Reservebetrieb gestellt. Der Einkauf des Vordermannes lässt Schreckliches ahnen, während sich der Einkaufswagen des Hintermannes im Rücken bemerkbar macht. Jetzt gibt es nur noch einen Ausweg: »Zweite Kassa bitte!«

** Die theoretische Grundlage dafür ist die Brown'sche Molekularbewegung (Robert Brown, * 21. Dezember 1773 in Montrose; † 10. Juni 1858 in London). Albert Einstein konnte diese Theorie schließlich auch physikalisch beweisen.

Immer Freitag.

**Jeden Freitag ein Kleinod, diesmal
eindeutig mehrdeutig.**

Es kündet im Nebel der Themse vom Standort des
Wasserfahrzeugs, schmettert das Ende des Nibelun-
gen herbei und hilft einer Kuh, sich der Zudringlichkeiten eines jungen Bullen zu erwehren.

Sie schmort als zartes Stück vom Schwein oder
Rind als Braten im Rohr, verhilft dem Steckschlüs-
selsatz zu seinen variablen Funktionen und verfei-
nert als Frucht den Schnaps zu edlem Likör.

Er hält mit eisernem Griff die Fassdauben zusammen, legt sich in den kalten Monaten als kühle Decke
über die Wiesen und schmückt als edles Geschmeide
die schlanken Arme schöner Frauen.

Herbert aber macht sich nichts aus der Auflösung
von Homonymen. Er kommt heute guter Dinge
aus der Orchesterprobe, hängt das *Horn* an seinen
Platz, greift sich eine *Nuss* und freut sich an den
Eisblumen, die der *Reif* in seiner Abwesenheit auf
das Küchenfenster gezeichnet hat.

Immer Freitag.

Jeden Freitag ein Kleinod, diesmal die Ananas, die Anna aß:

Immer Freitag.

**Jeden Freitag ein Kleinod, diesmal
dem niedlichen Wort »erwägen« geschuldet,
etwas Konvexes.**

Denn längst auch fragen wir uns schon, ob sich mit
einer Linse, geschliffen aus purem Eis, ein Feuer ent-
fachen ließe.

*··· Wir haben uns selbstverständlich an
berufener Stelle erkundigt. Nachzulesen ist
die Antwort im ersten Band von*

Immer Freitag.
von Virgil Guggenberger und Wolfgang Gosch
Taschenbuch, 148 Seiten, reich illustriert

ISBN 978-39502537-3-3
Edition Krill, 2010

KrILL

Diesmal möchten wir die verbliebene letzte Ausgabe von »**Immer Freitag**« des Jahres 2009 nützen, um eine verdiente Kollegin vorzustellen – an sie ergeht Lob und Dank für mittlerweile zwei Jahre zuverlässiger und anregender Zusammenarbeit:

Die Immer-Freitag-Maschine.

Rohmaterial

Zerpflücker

Interpunktionstrommel

Inspirateur

Pixelgranulat in den drei Grundfarben Rot, Grün, Blau

Feinjustierrad

Lauflass

89

Appendices.

»Frag' den Freitag«

Immer Freitag widmet sich Rat gebend dem Rat
Suchenden: »Frag' den Freitag« ist das Kompetenzzentrum
für Belange aus allen fachlichen Richtungen und aller
Herren Länder. Kundige beantworten akkurat, ungetrübt
und sachverständig zugesandte Anfragen.

Immer Freitag.

**Jeden Freitag ein Kleinod – bloß:
Der Mensch lebt nicht vom Od allein, er
hungert auch nach Wissen! Diesmal an
»Frag' den Freitag« gerichtet:**

*Manchmal frage ich mich, was ist eigentlich
der Unterschied zwischen Mensch und
Tier? Ist es die Mathematik oder doch das
kaltblütig geplante Verbrechen?*
(Johannes L., langzeitiger »Immer Freitag«-Leser)

Antwort der Redaktion:

Eitelkeit, Habgier, Ausschweifung und Wollust, Wut,
Gefräßigkeit und Unmaß, Neid wie auch Faulheit –
auch dem Tiere ist nichts Menschliches fremd.

Ein Unterschied aber zwischen dem landläufig
als Tier abgegrenzten Wesen und dem scheinbar für
sich stehenden Menschen mag dem Aufwand ent-
wachsen, der aufgebracht wird, um der selben Triebe
Ruf eine tatkräftige Antwort zu geben. Im Folgenden
sollen drei (in ihrer Gewichtigkeit ansteigend) aus
den eben genannten Lässlichkeiten entstehende
Demoralisationen unter dem Lichte des Aufwands
betrachtet werden:

Ebenso wie die elegante Dame von Welt schmückt sich auch das Seeigel-Weibchen mit Steinen, um das Auge seines Gegenübers gefällig auf sich zu lenken. Diese kleine Eitelkeit als Verbrechen zu bezeichnen ist gewiss überzogen. Dass aber ein gewisser Plan dahinter steht, ist offensichtlich. Und der Unterschied im Aufwand – augenscheinlich. Hier das kostbare Collier, dort des Meeres zahlreiche Kiesel. (Zynisch der Gedanke, die Dame schmückte sich gar mit echten Perlen!)

Durch seine Fähigkeit zu lernen und vorausschauend zu denken, ist der Rabe in der Lage, nicht nur Beute von einem Artgenossen zu stehlen, sondern sie anschließend auch zu verstecken.* Fühlt sich ein Mensch hingegen getrieben, einen Postzug zu berauben (Bravo, Ronnie Biggs!), wird der Vergleich im Aufwand rasch obsolet. Doch auch hier ist beides gut geplant.

Zum Abschluss keine Furcht vor grimmigen Realitäten: Der Kindsmord ist bei lebendgebärenden Fischarten wie dem weiblichen Spiegelkärpfling durchaus nichts Ungewöhnliches, sondern eine bekannte Sorge von Züchtern dieser beliebten Aquarienfische. Was die gleiche Tat allerdings bei der unglücklichen Medea (wohlgemerkt in der Fassung des Euripides) auslöst, ist ebenfalls hinlänglich bekannt. Ob beiden

* Kurt Umbecker, Mitglied der Redaktion und ambitionierter Hobby-Ornithologe auf Usedom möchte an dieser Stelle die Gelegenheit nutzen und eine Lanze für die Elster brechen: »Lassen wir diesen Vogel mit dem ewigen Vorwurf zufrieden, ein notorischer Dieb zu sein. Es ist vielleicht nicht schmeichelhaft, doch für den vorsätzlichen Diebstahl fehlt ihr das Hirn, die List. Die Elster ist nur ein Gelegenheitsdieb.«
→ vgl. Seite 133, App. 2: Die Redaktion

Plänen aber die Eifersucht Pate steht, kann hier nicht erschöpfend geklärt werden. Aber auch da der Hinweis auf den Aufwand, der getrieben wird: Zwei tote Spiegelkärpflingskinder stehen zwei toten Menschenkindern gegenüber.**

Mit diesen wenigen Beispielen also mag hinlänglich aufgezeigt sein, man dürfe annehmen, dass es nicht die Fähigkeit zu einem durchwegs geplanten Verbrechen ist, die Mensch und Tier voneinander trennt, sondern der dafür betriebene Aufwand. Zusammenfassend mag der Gedanke erlaubt sein, dass vielmehr gerade auch diese Exempel einen schönen Beitrag leisten können, Mensch und Tier einander wieder ein Stück näher zu bringen!

Ach, und die Mathematik? Auch der Hund kann eins und eins zusammenzählen, wenn er dem schmeichelt, der ihm einen Knochen gibt.

** **Prof. Aranzius Deggendorf,** in der »Frag' den Freitag«-Redaktion zuständig für den Bereich Ethik und vergleichende Religionswissenschaften, empfiehlt hier freilich Vorsicht in der Bewertung von Leben!
→ *vgl. Seite 121, App. 2: Die Redaktion*

Immer Freitag.

Jeden Freitag ein Kleinod – bloß:
Der Mensch lebt nicht vom Od allein, er
hungert auch nach Wissen! Diesmal an
»Frag' den Freitag« gerichtet:

Gerne möchte ich wissen, warum aus-
gerechnet das Wort »über« als Vorsilbe
etwas Böses beschreibt. Gut, da wäre das
»Überfressen«, aber fressen ist ja per se
schon schlecht, also wird es mit »über« nur
noch schlimmer?
(Dominikus G., Erfinder und Freund des Hauses)

Antwort der Redaktion:

Hier die Sache etymologisch erschließen zu wollen,
hieße den Hebel an der falschen Stelle anzusetzen.
In scheinbar schwer zu klärenden Angelegenheiten
ist man stets gut beraten, tief in des Menschen Seele
zu blicken. Nebst gehöriger Schwärze lässt sich darin für so manch Vertracktes auch Erhellung finden.
Dies vorweg.

Der Mensch – so steht's geschrieben – ist ein Herdentier. In ihm wohnt das Bedürfnis, sich als Gleicher
unter Gleichen zu bewegen. Ungewohntes hingegen
beunruhigt ihn, es wird misstrauisch beäugt und
rasch abschätzig beurteilt. Warum?

Sein Verhalten entspringt der ganz natürlichen Sehnsucht nach Schutz vor Unbill. Wo das Überdurchschnittliche auf den Durchschnitt trifft, da liegen Neid und Missgunst in der Luft. Denn im Erkennen des eigenen Mittelmaßes fühlt sich das Herdentier unsanft an seine Einsamkeit in der Gleichschaltung des Verbandes erinnert.

Verantwortlich gemacht für diesen unglücklichen Zustand (und folglich mit reichlich Unmut bedacht) wird fälschlich das »über«.

Fälschlich, gewiss. Es ist nicht Schuld und Sinnen des Überdurchschnittlichen, dem Durchschnittlichen Essig in den Tee des Tagesgeschäfts zu schütten. Vielmehr ist jenes »über« eine berufene Art, nicht nur das Gebotene, sondern auch das darüber Hinausgehende zu meinen. Und zu tun.

Die rechte Bedeutung dieses Wortes mag also nur erfassen, wer neidlosen Herzens die Fähigkeit besitzt, in der Übervorteilung seiner Mitmenschen nicht den Betrug, sondern die wahrhaft selbstlose Tat zu erkennen.

Anm.: Wegen des Überfressens bitte keine Sorge. Wenn es auch nicht sonderlich elegant ist, den Magen unter Volllast laufen zu lassen, so ist es doch keineswegs verwerflich, auf diese Weise einer wohlschmeckenden Speise dann und wann ein handfestes Kompliment zu machen.

Immer Freitag.

No.
78

**Jeden Freitag ein Kleinod – bloß:
Der Mensch lebt nicht vom Od allein, er
hungert auch nach Wissen! Diesmal an
»Frag' den Freitag« gerichtet:**

*Der Elefant ist, so glaube ich, ein bislang im
Freitag vernachlässigtes Tier, und es würde
mich sehr interessieren, wieso ausgerech-
net der ein so ausgezeichnetes Gedächtnis
besitzen soll…*[1]
(Antonina Cordelia L., neugierig-besorgte Leserin)

Antwort der Redaktion:

Die Frage stellt sich weniger nach der Größe des
Gedächtnisses, sondern zunächst einmal nach der
Größe der Ohren. Dazu darf die Redaktion kurz nach
Afrika entführen und über einen weiteren Vertreter
des Kontinents – nebst dem Elefanten nämlich die
Zwergmaus – zur Beantwortung der Frage ausholen:

Obwohl beiderseits mit auffallend großen Ohren*
bestückt, würde man den Mäusen darob noch kein
gutes Gedächtnis nachsagen, im Gegenteil. In den

* Bei den Mäusen
in erster Linie der
Geräuschempfindung
geschuldet haben
die großen Ohren
des Elefanten den
Zweck, ihn vermittels
Blutzirkulation über die
Ohren zu kühlen, da es
Elefanten nicht gegeben
ist, zu schwitzen.

---

[1] Der Elefant vernachlässigt? Durchaus nicht! Man möge sich eifrig
an Freitag No. 59 über das Elfenbein – erinnern.

Standardwerken (und auch sonst in der Literatur) ist noch niemals eine Zwergmaus synonym für »großes Gedächtnis« verwendet worden. Und auch ihre sonstigen Ausmaße lassen keine Rückschlüsse auf ihr Gedächtnis zu, als da wären Körperbau, Gewicht, Stoffwechsel, damit einhergehend Energieumsatz, Atmung, Herzschlag et cetera. Allerdings wirken diese erheblich auf den betreffenden Organismus – und ohne nun so weit zu verallgemeinern, dass es bereits wieder falsch wäre, kann gesagt werden: Je kleiner ein Säugetier, desto kürzer lebt es. Ein Elefant wird im Durchschnitt 65 Jahre alt, eine Zwergmaus lediglich zwei Jahre. Daraus folgen naturgemäß sehr unterschiedliche Lebensgeschwindigkeiten. Im konkreten Fall sind diese sogar derart verschieden, dass es den beiden Tieren gänzlich unmöglich ist, sich gegenseitig wahrzunehmen: Für eine Zwergmaus bewegt sich der Elefant schlicht zu langsam; für letzteren wiederum die Maus viel zu schnell.**

** Man möchte dabei auch kurz das gedankliche Experiment anstellen und ausgehend vom Menschen hinaus ins Weltall extrapolieren.

Damit ist aber bereits auch die Frage nach dem jeweils nachgesagten Gedächtnis so gut wie beantwortet. Ohne auch noch den Spatz oder den Goldfisch als Beispiel anstrengen zu müssen, fassen wir zusammen:

Der Elefant hat aufgrund seiner Physiologie wesentliche Vorteile. In seinem Kopf ist es groß und aufgeräumt und nebenbei erstaunlich gut klimatisiert.

Die Zwergmaus hingegen hat etwas hitzig-hysterisches in ihrer Raserei, und gar keine Zeit, Gedanken auf Erinnerung zu vergeuden.

Der eigenen Fantasie sei es nunmehr überlassen, sich auszumalen, wie all das Erinnerte im Kopf eines Elefanten aufgestapelt und untergebracht ist.

Nachtrag: Wir betrachten die Frage aus der Sicht des Menschen – hinauf zum Elefanten und hinunter zur Maus – und stellen sie in Beziehung zueinander und zu uns. Das ist zwar eine harmlose, insgesamt aber schlampige Sichtweise. Der Mensch ist für dieses Vergleichsspiel nämlich insofern disqualifiziert, zumal er seine Lebensdauer mithilfe der Medizin gravierend verändert, verlängert hat. Nicht zuletzt deshalb ist die Frage nach dem Gedächtnis auch eine Frage der Größe.

Immer Freitag.

**Jeden Freitag ein Kleinod – bloß:
Der Mensch lebt nicht vom Od allein, er
hungert auch nach Wissen! Diesmal an
»Frag' den Freitag« gerichtet:**

*Lieber Freitag, eine Frage! Sind sieben
Seemeilen sehr nah? Wie lange schwimmt
man das und wie hungrig ist ein Kannibale
danach?*
(Julia W., erwartungsvoll-fürwitzige Leserin)

Antwort der Redaktion:

Den ersten Teil der Frage können wir sehr rasch
beantworten: Sieben Seemeilen sind ziemlich weit,
äußerst breit und sehr tief. Zur entsprechenden
Veranschaulichung möchten wir gerne drei Beispiele
anführen.

Bezüglich der Weite von sieben Seemeilen* stellen
wir uns am besten eine Milchpfütze vor, just so,
als hätte ein Riese beim Morgenkaffee nicht Acht
gegeben und die Milchpackung umgestoßen. Nun
haben wir eigentlich einen Milchsee vor uns, der
sieben Seemeilen im Durchmesser misst, aber wie
eine flache Pfütze z. B. nur einen Centimeter tief
ist. An den folgenden Zahlen zeigt sich nun, was

* Die Länge einer
Seemeile, oder auch
nautische Meile,
beträgt 1.852 Meter.

die Weite von sieben Meilen – bezogen auf einen Milchsee – bedeutet:

Aus einer handelsüblichen Milchpackung läuft Milch mit etwa 0,15 Litern pro Sekunde aus. Der See des Riesen hat ein Volumen von rund 1,32 Milliarden Litern. Das bedeutet, man bräuchte ebenso viele Liter-Milchpackungen, deren Inhalt sich über etwa 279 Jahre in den See ergießen muss, bis die *Weite* vollständig mit Milch bedeckt ist.

Eine Ahnung der *Breite* von sieben Seemeilen ist ebenfalls schnell gegeben, wenn wir uns dazu eine entsprechende Schlucht vorstellen, die wir mit einer Hängebrücke überwinden wollen. Um dieses Vorhaben auszuführen, braucht es nicht weniger als acht der längsten Hängebrücken der Welt**, die da sind: Akashi-Kaikyō-Brücke Kōbe – Awaji, Japan (1991 m), Xihoumen-Brücke Zhoushan, China (1650 m), Storebælt-Brücke Großer Belt, Dänemark (1624 m), Runyang-Brücke Zhenjiang – Yangzhou, China (1490 m), Humber-Brücke Barton-upon-Humber – Hessle, Großbritannien (1410 m), Jiangyin-Brücke Jiangyin – Jingjiang, China (1385 m), Tsing-Ma-Brücke Tsing Yi – Ma Wan, Hongkong, China (1377 m) und Verrazano-Narrows-Brücke Brooklyn – Staten Island, New York City, USA (1298 m).

** Halten Sie uns bitte nicht für blauäugig, es ist uns natürlich bewusst, dass dieses Beispiel nur rein theoretisch umsetzbar ist. Allein der Abriss, Transport und Wiederaufbau der genannten Brücken würde Milliarden verschlingen!

Ganz recht, hier fehlt noch ein Stück, deshalb greifen wir für den Rest auf die Nummer 34 im Ranking zurück, die Semipalatinsk-Brücke in Semipalatinsk, Kasachstan (750 m). Sie spendiert uns zu unserer Rechnung sogar noch 11 Extra-Meter für auftretende Eventualitäten!

(*Anm.:* Wir berechnen hier nur die Mittelspannweite, d. h. die Strecke zwischen den zwei Hauptpfeilern, da die Gesamtlängen der Brücken meist nur schwer zu definieren sind und auch technisch der Fragestellung letztlich nicht gerecht würden.)

Schließlich sind wir bei der Vorstellung von *Tiefe* angelangt. Man sagt, ein Pottwal sei in der Lage, bis zu 3.000 Meter tief zu tauchen und über eine Stunde unter Wasser zu bleiben. Um eine Tiefe von sieben Seemeilen zu erreichen, müsste der Wal seine bisherige Höchstleistung noch um das Vierfache steigern. Daran wird selbst das ehrgeizigste Tier scheitern. Damit nicht genug, denn selbst wenn er dies könnte, gelänge es ihm doch nicht: Der tiefste Punkt der Erde ist das Witjastief im Marianengraben und liegt bei 11.034 Metern. Da fehlen auf unsere sieben See-meilen noch einige hundert Meter!

Eine abschließende Erkundigung bezüglich Ihrer beiden zusätzlichen Fragen bei Mag. Dr. Siegbert

*** **Mag. Dr. Siegbert Ranskofel** ist seit circa vier Monaten Redaktionsmitglied von »Frag' den Freitag«. Er verbrachte seine Studienjahre (Mathematik und Ernährungswissenschaften) auf Universitäten in Schlesien, Mähren und der Schweiz und ist seit Abschluss seiner Dissertation »Die Formel Hunger« im Jahr 2007 als freier wissenschaftlicher Mitarbeiter im Auftrag der Universität Klagenfurt auf Reisen.
→ *vgl. Seite 125, App. 2: Die Redaktion*

Ranskofel*** hat ein sehr anschauliches Beispiel ergeben:

Man weiß es gut aus eigener Erfahrung, ein Tag im Schwimmbad lässt den Hunger mächtig anwachsen. Selbst wenn man zwischendurch ein, zwei Afri-Cola schlürft, ein Eis schleckt und eventuell noch ein paar Chips knabbert, ist ein Schnitzel mit viel Pommes am Abend unausweichlich für das Wohlbefinden. Man darf sich also vorstellen, dass ein Kannibale nach einem Gewaltakt von sieben Seemeilen Meeresüberquerung ähnliche – aber natürlich entsprechend gesteigerte – Hungergefühle entwickelt.

Trotzdem besteht laut Mag. Dr. Ranskofel kein Grund zu Besorgnis: Die meisten der von uns beobachteten Stämme, in denen Kannibalismus nach wie vor auftritt, sind als wasserscheu bekannt.

Immer Freitag.

No.
104

**Jeden Freitag ein Kleinod – bloß:
Der Mensch lebt nicht vom Od allein, er
hungert auch nach Wissen! Diesmal an
»Frag' den Freitag« gerichtet:**

*Lieber Freitag, laut einer Umfrage haben
sich 38 Prozent aller Briten schon einmal
geärgert, weil sie beim Aufteilen der
Restaurantrechnung unter Freunden übervorteilt wurden. Und da ist es wieder, dieses
»übervorteilt«, und ich verstehe es immer
noch nicht, warum mehr Vorteil ein Grund
zum ärgern sein soll? Ja, »untervorteilt«,
das würde mir einleuchten, dass man sich
da ordentlich ärgert!*
Bitte um Aufklärung, ein Legastheniker.

Antwort der Redaktion:

Wir wollen davon ausgehen, dass in jedem von uns
der Wunsch schlummert, anderen etwas Gutes zu
tun, anderen einen Vorteil zu verschaffen. (Ein Bö-
sian, der anders dächte und handelte!) Wer es aber
wirklich gut meint, ist bestrebt, sein Gegenüber sogar zu übervorteilen. Und hier wird die Sache kniff-
lig, denn die heutige gängige Wortinterpretation ist
leider eine völlig verquere. Zu einem besseren – und

richtigeren – Verständnis der Bedeutung des Worte »übervorteilen« möchten wir folgendes Beispiel heranziehen:

Wir sitzen in gelöster Runde in einem Restaurant oder Gasthaus, speisen recht fein, genießen den Abend als Ganzes und im Detail, und erwarten schließlich die Rechnung. Das ist der Moment, in dem eine Runde die Gelegenheit ergreift, einem unter ihnen ein besonderes Vergnügen zu bereiten: Durch noble Zurückhaltung der eigenen Börse bringt man jemanden in die ehrenvolle Position, aus eigener Tasche das Gros der Rechnung begleichen zu dürfen. Und genau an diesem Punkt passiert das Missverständnis im Wort »übervorteilen«. Entgegen dem landläufigen Gebrauch ist es auch hier völlig richtig, das *über* in seiner gängigen Bedeutung des *mehr* zu verstehen. Denn einem der Anwesenden wird nicht nur die Freude eines fröhlichen Beisammenseins zuteil, sondern zusätzlich – ermöglicht durch die Bescheidenheit der Runde – auch das schöne Gefühl, durch das Begleichen der Rechnung insgesamt für diesen Abend Verantwortung zu tragen. Und wer würde nicht gerne die Verantwortung für etwas Gelungenes übernehmen?

Jener also, der so charmant übervorteilt wurde, darf das Gefühl des edlen Spenders zu Recht und somit in vollen Zügen genießen. Die anderen freuen sich für den Freund und werden für ihr nobles Zurückstehen durch eine entsprechend geringere Rechnung belohnt.

Somit darf das gelungene Übervorteilen eines Einzelnen ganz zu Recht als der krönende Abschluss eines Abends unter Ehrenleuten gesehen werden: Wir ziehen nicht selbst prahlerisch den Geldsäckel, um die Zeche zu bezahlen, sondern geben diskret einem Einzelnen die Ehre, sich unaufdringlich durch Großzügigkeit selbst auszeichnen zu dürfen!

Eines möchte die Redaktion bei der ganzen Sache aber nicht außer Acht gelassen wissen: Dieses Prinzip funktioniert nur, wenn das Essen gut bis ausgezeichnet war und somit alle eine Gaumenfreude empfunden haben. Würde man die gleiche Idee in einer verlotterten Würstelbude treiben, in der das Sauerkraut aus Hobelspänen gemacht ist und die Wurst aus Hühnerklein, dann ist das kein Übervorteilen mehr, dann ist das schlicht nur eine miese und kleinliche Art, sich ein paar Groschen auf Kosten anderer zu sparen. Pfui!

Appendix 2:

Die Redaktion

Nichts Menschliches ist ihnen fremd, und sie sind offen für Fragen jedweder Art, mögen sie auf der Hand liegen oder unter den Nägeln brennen: Die Mitglieder der »Frag' den Freitag«-Redaktion.

Annette Anderstett

Fachgebiet: Spinöse Botanik et al.

— *vgl. Immer Freitag No. 70 · Seite 31* —

Frau Anderstett lässt es sich nicht nehmen, in dem kleinen Café den mitgebrachten Schirm zum Beweis seiner ungebrochenen Funktionsfähigkeit zumindest einmal ganz aufzuspannen: Das klassische Modell ist inzwischen seit fast 11½ Jahren in reger Benutzung, trägt gedecktes Rot und ist beeindruckend in seinen Ausmaßen. Sein Schirmdach aus hochwertigem Polyester-Twill wurde in Mailand gefertigt, das Federstahl-Gestänge stammt aus England. Ein Parapluie wie geschaffen für die Regenzeit in Französisch-Guayana.

Doch Frau Anderstett zeigt den Schirm nicht zu Reklamezwecken, sondern als Bestätigung für einen Vorfall, der sich während ihrer ersten Reise nach Französisch-Guayana vor knapp 11 Jahren zutrug: Einerseits war sie damals gekommen, um ihren Bruder Raul in Kourou zu besuchen, der dort seit einigen Jahren als Luft- und Raumfahrttechniker auf dem Raketenabschussgelände *Centre Spatial Guyanais* beschäftigt war. Andererseits reiste sie als außerordentliche Mitarbeiterin im Auftrag der Pariser *Université Pierre et Marie Curie*, um Proben einiger endemischer Pflanzen im guyanischen Bergland rund um Kourou für die Wissenschaft sicherzustellen.

Als sie aber nach der erfolgreichen Reise aus dem Umland zurückkehrte, wurde sie, just vor ihrem Hotel aus einem Taxi steigend, von einem vorbeirasenden Fahrradkurier mitgerissen, stürzte unglücklich und beschädigte dabei die botanischen Proben unwiederbringlich. Als zwei Tage später der von Frau Anderstett wortreich beschworene Rachegott die beiden noch einmal zusammenführte, nahm diese die sich bietende Gelegenheit in Form ihres Schirmes fest in beide Hände und stieß mit ihm resolut in Richtung Radspeichen. Der Schirm legte sich quer und der Radfahrer kopfüber auf den Asphalt. Dass der Schirm dabei keinen Schaden genommen hat, ist heute ebenso gewiss wie die längere Zwangspause, die der Kurier danach durchzustehen hatte.

Das allerdings macht Frau Anderstett kein Kopfzerbrechen. Nur dass der Triumph der Rache damals wie heute ihr als ein wohliger Schauer über den Rücken läuft, drückt ihr ein klein wenig aufs Gewissen.

Annette Anderstett ist Mitglied der Botanischen Gesellschaft in Französisch-Guayana und mittlerweile auch aktives Mitglied der »National Association of Underwater Instructors« (NAUI). Um dem lang gehegten Wunsch nach Erforschung der Meeresfauna entlang der Atlantikküste zwischen Brasilien und Suriname in natürlicher Umgebung folgen zu können, hat Frau Anderstett unlängst eine Ausbildung im Gerätetauchen begonnen: Trotz einer mittelleichten Aquaphobie (Angst vor Wasser) geben erste Versuche im Schnorcheln allen Grund zu der Annahme, dass sie über kurz oder lang ihr Brevet erhalten wird.

Dr. Clara Bornhagen

Fachgebiete: Techn. Chemie sowie familiär bedingt
Brennstoff- und Mineralöltechnologie
— *Dr. Bornhagen fand, wenngleich nicht namentlich,*
in Immer Freitag No. 52 (Band 1) Erwähnung —

Aufgewachsen in behüteten Verhältnissen, wurde Frau Bornhagen als einzige Tochter eines Richtbohringenieurs (zuletzt stationiert auf *Mittelplate* im Wattenmeer vor Cuxhaven) im Alter von 12 Jahren aus praktischen Überlegungen – und gegen ihren ausdrücklichen Wunsch – in einem Mädchenpensionat untergebracht. Da ihre Begeisterung für Chemie und Technik im Lehrplan keine Entsprechung fand, konzentrierte sich Frau Bornhagen auf die Erforschung weiterer Einsatzgebiete der ihr im Unterreicht zur Verfügung stehenden Haushaltsutensilien, vermischt mit dem chemischen Mehrwert von Speisezutaten.

Eine Packung Mehl, ähnlich der, die Frau Bornhagen nun mit einem Schmunzeln vor sich auf dem Tisch abstellt, brachte schließlich die finale Wende, namentlich den sofortigen Ausschluss aus dem Mädchenpensionat, als die Staubexplosion einer von Frau Bornhagen selbst konstruierten Mehlbombe mit einem dumpfen Knall die Fliesenkacheln im allgemeinen Waschraum des Internats verwüstete. Der finanzielle Schaden aber stand in keinem nennenswerten Verhältnis zu dem Glücksgefühl, das Frau Bornhagen empfand, als sie, nach dem Wechsel auf die Hochschule, im Aufleuchten des Explosionsblitzes einer Zink-Schwefel-Mischung für sich erkannte, dass sie mit der Fächerkombination Chemie und Metallurgie genau die richtige Wahl getroffen hatte.

Ihren späteren Mann, Claus Bornhagen, lernte sie übrigens im Krankenhaus kennen. Frau Bornhagen war wegen einer mittelschweren Verbrennung ihres linken Unterarmes (eine Lithium-Wasser-Reaktion) in Behandlung, während Claus Bornhagen während des Einsetzens eines neuen Bohrfutters auf einer Ölplattform vor Bergen den Verlust seines rechten Ringfingers zu verschmerzen hatte. Ausgehend von dem Scherz, dass er somit nahezu heiratsunfähig sei, beschlossen die beiden nach einigen Monaten den Weg zum Altar anzustrengen – mit Erfolg.

Dr. Clara Bornhagen ist seit inzwischen fast einem Jahr technische Beraterin des Sprenglabors Bergakademie Freiberg in Sachsen. Nebenbei engagiert sich Frau Dr. Bornhagen in einer Initiative für die Erhaltung traditioneller Handwerksberufe und die Bestandssicherung alter Nutztierrassen. Ihre Hauptaufgabe liegt dabei in der Nachzuchtüberwachung und Rasseerhaltung des Bentheimer Landschafes und – aus persönlicher Neigung – der »Ostfriesischen Möwe«, einer schlichten, mittelhoch gestellten Landhuhngattung.

Prof. Aranzius Deggendorf
Fachgebiete: Ethik,
vergleichende Religionswissenschaften
— *vgl. Immer Freitag No. 64 · Seite 95* —

Seine Kindheit in einer beschaulichen niederbayerischen Kreisstadt beschreibt Aranzius Deggendorf in bunten Farben und weiß von einer beneidenswerten Zeit zu berichten. Der Professor hat allen Grund dazu: Sein Vater, Cölestin Deggendorf, war Inhaber des örtlichen Spielwarenladens. Brummkreisel, *Schuco*-Modellautos aus Metall, ein Laubsägeschrank, unterschiedliche Bau- und Setzkästen, das Häschenspiel für Geduldige oder in späteren Zeiten das Tipp-Kick sowie der Lederfußball, dazu Kegelspiele und Leitergolf – Vater Cölestin war der Herr eines Reiches, in dem auch der Sohn schalten und walten durfte.

Zwar schwand mit den Jahren der Reiz dieser Dinge, geblieben aber ist die Leidenschaft für etwas, das auf der Handfläche des Professors gut Platz findet:

eine Spieldose. Genauer gesagt nur die Mechanik, das Spielwerk einer Spieldose. Für das aufgeputzte Drumherum hat Professor Deggendorf nicht viel übrig, seine Leidenschaft geht in eine andere Richtung. Es ist eine Entdeckung, die er als Kind gemacht hat, nämlich dass das Spielwerk nicht unbedingt in einer Dose stecken muss um zu klingen, sondern auf so gut wie jedem Klangkörper, fest aufgepresst, einen großartigen Klang erzeugt. Das gälte für Schränke, Tischplatten und Türverkleidungen (besonders die älteren!) ebenso wie für Porzellanteller oder Badfliesen. Der Professor empfiehlt auch Mut zum Selbstversuch, presst zum Beweis das Spielwerk an den Kopf, dreht kräftig an der kleinen Kurbel, lächelt und meint dazu: »Das klingt vor allem innen!«

Prof. Aranzius Deggendorf ist derzeit Mitglied einer unabhängigen Kommission, die im Auftrag einer Schweizer Stiftung den Tod der Hündin Laika an Bord von Sputnik 2 nach dem Artikel 4 (Grundsätze) des Schweizer Tierschutzgesetzes untersucht, und mögliche Konsequenzen in Bezug auf die moderne bemannte Raumfahrt herausarbeiten soll. Konkrete Ergebnisse werden bis Ende 2012 erwartet und in Folge sämtlichen aktiv an der Raumfahrt beteiligten Nationen unentgeltlich zur Verfügung gestellt.

Mag. Dr. Siegbert Ranskofel
Fachgebiete: Mathematik,
Ernährungswissenschaften
— *vgl. Immer Freitag No. 99 · Seite 103* —

Erstens ist es doch etwas ungewohnt und zweitens hätte man freilich gerne die Küche des Reisenden in Sachen Ernährung gesehen – aber Ranskofel hat sich rundweg selbst eingeladen. Und: Wegen diverser Einkäufe müsse man sich keine Sorgen machen, denn er würde das Wesentliche schon mitbringen. Ranskofel kündigt eine besondere Suppe an.

Eine knappe Woche später lässt Siegbert Ranskofel den Blick in der Küche schweifen, fordert einen Topf mit Wasser, lässt es aufkochen, wickelt aus einem Butterpapier einen etwa faustgroßen Stein und lässt ihn mit einer Kelle sacht in das Wasser gleiten. Eine gute Viertelstunde solle die Suppe leicht wallend ziehen, dann könne man sich ans Abschmecken machen. Ein wenig Skepsis spiegelt sich in den Blicken hinter Ranskofels Rücken, der Mann ist weit herumgekommen in entlegenen Schweizer Bergkaten und man weiß auch, dass es in Kalabrien den »pietra da fungo« gibt, einen porösen Stein, der reich an Myzelien ist und dadurch, gelagert an einem kühlen Ort und regelmäßig befeuchtet, eine Art Wiesenchampignon hervorbringt. Dass sich ein Stein zur Suppe auskochen lässt, ist allerdings gänzlich neu. Als Ranskofel mit dem Abschmecken beginnt, bittet er um Salz und Pfeffer, nickt zufrieden, und fragt dann in die Runde, was sonst noch im Hause wäre, eventuell zur Verfeinerung? Bereitwillig wird der Kühlschrank geöffnet, viel ist natürlich nicht da, nur das Alltägliche, das meist ohnehin vorrätig ist: eine gelbe Zwiebel, etwas Sellerie, Karotten, Lauch, zwei, drei Kartoffeln, ein halber Bund Petersilie und sogar noch etwas Speck kommen so nach und nach zu dem Stein dazu.

Man ahnt jetzt schon, welchem Zweck der Stein dient, und Ranskofel gibt gerne Auskunft darüber, was er sich dazu überlegt hat: Seiner Meinung nach hat man selten das Glück, tatsächlich landestypische Speisen serviert zu bekommen, wenn man eingeladen ist oder Essen geht. Dem Gast soll etwas Besonderes kredenzt werden. Was sich die Leute aber für gewöhnlich selbst kochen, einen Eindruck davon, welche die Grundzutaten der Küche einer bestimmten Region sind, bekommt man dabei meist nicht. Also lädt sich Ranskofel gern selbst ein, um zu sehen, was wirklich immer im Haus ist.

Die Idee, die Steinsuppe in dieser Weise einzusetzen, kam ihm bei der Lektüre eines irischen Märchens, so Ranskofel. Und mittlerweile gibt es auch schon Kinderbücher dazu, die etwas Ähnliches erzählen.

Mag. Dr. Siegbert Ranskofel arbeitete zuletzt an einer groß angelegten Studie, die von der Universität Klagenfurt im Rahmen einer Ausschreibung der Deutschen Bundesbahn durchgeführt wurde. Die Recherchen zum Thema »Speisenfolge und -angebot in Bordrestaurants nationaler und internationaler Zuggesellschaften« bedeuteten für Ranskofel eine Menge unterschiedlicher Zugreisen, so zum Beispiel mit der Bagdadbahn, Streckenabschnitt Istanbul – Damaskus, dem Tren a las Nubes (»Zug in die Wolken«), Streckenabschnitt Salta – El Alisal oder auch die Südbahn von Wien nach Graz.

Prof. C. Marius Siebold

Fachgebiete: Geologie, endemische Krustenflechten
— *vgl. Immer Freitag No. 63 · Seite 22* —

Geschätzte Redaktion zu Wien!

Seien Sie zunächst herzlich bedankt für die Zusendung von aktualisierten Seekarten der Küstenlinien Franz-Josef-Lands, um die ich Sie gebeten hatte. Es bestätigt wie angenommen meine Vermutung, dass die tiefste Stelle der Meeresstraße Austria zwischen Wilczek-Land und der Hall-Insel bisher um eine knappe Viertelmeile zu weit südlich angesetzt wurde. Dazu wurde augenscheinlich auch eine Tiefenkorrektur um 7½ Faden vorgenommen. Wenn auch meine Studien auf Franz-Josef-Land soweit abgeschlossen sind, so verstehen Sie gewiss, dass derlei Abweichungen nach wie vor enorme Bedeutung für die wissenschaftliche Basis meiner Arbeit haben könnten.

Vor einigen Wochen nun erreichte mich das Schreiben eines Kollegen mit dem Inhalt, umgehend nach Syrien zu eilen, da er rund um die ehemalige Oasenstadt Palmyra im Zuge seiner Ausgrabungen Gesteinsflechten fand, die er sich nicht zu deuten wusste. Zwar musste ich nach meiner Ankunft rasch erkennen, dass die aufgefundenen Flechtenarten durchaus noch in anderen, klimatisch ähnlichen Zonen zu finden seien, konnte aber doch eine andere wesentliche Entdeckung für mich, respektive meine Sinneswelt machen – die Gewürze des Orients! Sie führen mir in ihrem bildreichen Duft und Geschmack nur allzu drastisch vor Augen, wie sehr meine Sinne von fischigem Lebertran, aufgequollenem Zwieback, blakenden Stearinkerzen und der eisigen Kälte auf Franz-Josef-Land zerrüttet wurden. Nun sind es Kumin, Safran, die Gewürzmischungen Ras el-Hanut und Baharat, Kreuzkümmel, Kurkuma und Piment, die als Landmarken die Gipfelpunkte kennzeichnen auf meiner ausgedehnten Reise nach Damaskus und dem Besuch des dortigen Gewürzbasars Suq al-Bzourieh. Eine Auswahl an Gewürzen sende ich Ihnen hiermit wie gewünscht zu. Ich darf mir erlauben, Ihnen vor allem die Zubereitung eines Rinder-Pilafs mit Baharat zu empfehlen. Im Übrigen eignet sich diese Gewürzmischung auch ganz hervorragend für die Zubereitung von allerlei Fischgerichten.

Und ich danke der Nachfrage, doch wohin mich meine nächsten Unternehmungen führen ist noch ungewiss. Umso mehr bin ich weiter fest entschlossen, meiner ursprünglichen Idee treu zu bleiben und die nächsten Reiseziele per Zufallstipp auf dem Globus auszuwählen. Ein Prinzip, das, soweit mir bekannt ist, einst auch die Romanfigur Dr. Dolittle auf die Spinnenaffeninsel führte?

Abschließend muss ich ein weiteres Mal Ihre geschätzte Hilfe in Anspruch nehmen und Sie bitten, mir fünf Paar englischer Kniestrümpfe nebst einem Paar leichter Gamaschen (bevorzugt baskische Manufaktur) und eine Dose Murmeltierfett zuzusenden. Das letzte Paar Kniestrümpfe, das mir bis dahin gute Dienste leistete, hat leider zusammen mit den Gamaschen irreparablen Schaden bei einer Kamelexpedition genommen. Zwar steht das Murmeltierfett mit diesem an sich sehr erhebenden Ausritt ebenfalls in leider schmerzhafter Verbindung, ich möchte Ihnen und mir diesbezüglich die Unannehmlichkeit einer weiteren Ausführung aber ersparen.

Es grüßt Sie sehr herzlich,
Ihr ergebener C. Marius Siebold

Professor C. Marius Siebold hat sich in wissenschaftlichen Kreisen vor allem durch seine Entdeckung des »Eiswassertüpflings« (lat. Alle krillosia) im Jahr 2009 Anerkennung und Respekt erworben. Dass der Professor auf einem anderen Gebiet, der Petrographie, seit Jahren in der Entwicklung von normierten Bestimmungsschemata federführend tätig ist und nebenbei auch den Nachlass von Florence Bascom, der ersten weiblichen Geologin beim »United States Geological Survey« (USGS) betreut, ist allerdings weitgehend unbekannt.

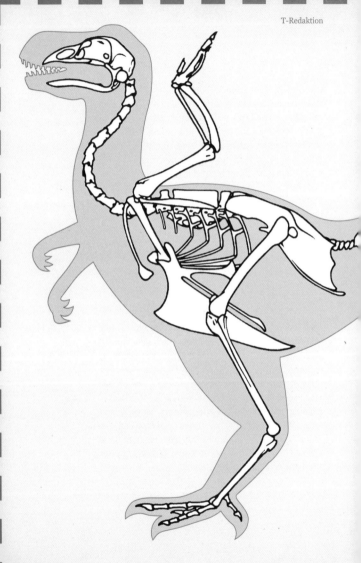

Kurt Umbecker
Fachgebiet: Ornithologie
— vgl. Immer Freitag No. 64 · Seite 95 —

Kurt Umbecker ist tatsächlich so jung wie er aussieht, auch wenn er sich mitunter vielleicht etwas umständlich, scheinbar manieriert ausdrückt. Sein Vater, Rolf Umbecker, war anfangs als Zugbegleiter bei der Usedomer Bäderbahn eingestellt und tut derzeit Dienst auf einer Autofähre zwischen Swinemünde und Ystad. Mutter Helga betreibt in einem Usedomer Seebad bereits in dritter Generation eine Broilerbude. Und genau dort geschah es, dass Kurt Umbecker, damals 18 Jahre und begeisterter Hobby-Paläontologe, beschloss, den urzeitlichen Riesen den Rücken zuzuwenden und sich von nun ganz auf die Vogelwelt zu konzentrieren. In der Kombination eines Artikels in einer paläontologischen Fachzeitschrift und dem halb aufgegessenen Grillhähnchen auf Kurt Umbeckers Pappteller war eine wissenschaftliche Sensation sinngemäß zusammengeführt: In den USA wurde durch Molekularanalyse nachgewiesen, dass Tyrannosaurus Rex tatsächlich mit Hühner- und Straußenvögeln näher verwandt ist als zum Beispiel mit Echsen oder Krokodilen. Für Kurt Umbecker war die Vorstellung, soeben einen leibhaftigen Nachfahren des legendären T-Rex zu verspeisen, in hohem Maße anregend und er begann, den Rest des Broilers säuberlich auszubeinen und in seine Bestandteile zu zergliedern. Missbilligende Blicke der übrigen Gäste im Eifer völlig ignorierend, fand er bei seiner spontanen Studie nicht nur eindrucksvolle Überschneidungen in Skelett und Muskelaufbau des Hähnchens und Tyrannosaurus Rex, sondern auch seine neue Leidenschaft: die Ornithologie.

Unlängst erreichte uns wie versprochen ein Paket mit einem säuberlich präparierten Hühnerskelett sowie einige aktuelle Texte und Artikel zu besagtem Thema. Obenauf lag eine Notiz, dass Umbecker große Freude an der Präparierung gehabt habe, dabei aber nochmals darauf hinweisen möchte, dass seine Mutter Helga eindeutig die besten Broiler auf ganz Usedom zum Verkauf hätte, ein baldiger Besuch also allein deshalb schon lohnenswert sei. Schön, wenn praktische Überlegungen und Theorie so nahe beieinander liegen.

Kurt Umbecker arbeitet seit gut zwei Jahren bei einem Usedomer Regionalsender als Assistent des Programmleiters. Letzten Sommer konnte Kurt Umbecker die Verantwortlichen dazu überreden, in die tägliche Morgenshow während der Sommermonate ein Live-Ratespiel für Vogelstimmen zu integrieren: Wer in der Lage ist, einen auf Usedom heimischen Vogel anhand seines Lockrufes oder Gesanges zu erkennen, dem winkt als Preis ein All-you-can-eat-Gutschein von Helgas Broilerbude.

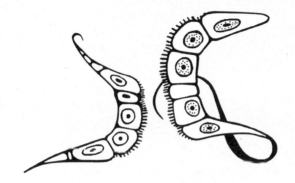

Appendix 3:

Die Herren Editoren

Suchen und finden das Vergnügen im Park.

Virgil Guggenberger, Wolfgang Gosch

Es herrscht prächtiges Wetter an diesem Vormittag im Park, die Sonne wärmt und das Grün des Grases ist noch frisch vom nächtlichen Tau. Ab und an bringt ein kräftiger Windstoß Leben in die Bäume, die sich – genussvoll rauschend – gerne ein wenig die Blätterkronen zausen lassen. Unter einem dieser Bäume hat sich eine ältere Dame eine Decke ausgebreitet und leert beschwingt ihren Picknickkorb. Dabei verwehrt sie sich gegen die Zudringlichkeiten ihres Hundes, ein Spitz, der auf Mundraub aus ist. Doch als ein lebhafter Windstoß einem würdigen Herrn, der eben vorüberspaziert, die Kopfbedeckung vom Haupt bläst und fortträgt, folgt das Tier seiner Natur und jagt kläffend dem Hut hinterher, gefolgt vom dem Mann, der dem Hund folgt, der dem Hut folgt, dem der Herr und der Hund folgen, dem jetzt auch seine Herrin hinterherläuft. Völlig unbeachtet in dem Tohuwabohu hat sich ein streunender Dackel an den Picknickkorb herangemacht und freut sich an der unverhofften Speisung. Von einer nahen Parkbank aus haben zwei Männer die Szene beobachtet und können sich das Lachen kaum verkneifen: »Möchte das ein Freitag werden?«

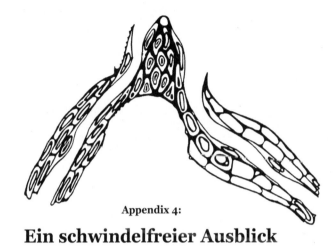

Appendix 4:

Ein schwindelfreier Ausblick

Auf das, was bestimmt nicht sein wird und
jenes, womit man getrost rechnen kann.

**Für gewöhnlich wird für einen schönen
Ausblick ein gewisser Aufwand betrieben.**

So fährt man auf der Suche nach dem Panorama-
blick südliche Küstenstraßen entlang oder lässt sich
von der Seilbahn auf den Gipfel eines Berges bringen.
Und auch wer sich in der Oper weit vor und über die
Brüstung beugt, hat vor allem dies im Sinn: Einen
guten Ausblick. Wenn aber den Matrosen bereits
beim Aufentern ins Krähennest und den Turmsprin-
ger schon auf Höhe des 3-m-Bretts der Schwindel
befällt, ist es hoch an der Zeit, der Realität ins Auge
zu blicken.

In diesem Sinne mit beiden Beinen im Leben stehend und dabei ganz auf dem Boden der Tatsachen
bleibend können wir mit Bestimmtheit sagen, dass
auch in Zukunft die Geschichte der Unkenrufe nicht
neu geschrieben wird, gewiss niemand Augen im
Hinterkopf hat und die Edition Krill in Wahrheit
kein Fischgroßhändler ist. Schon merklich plausibler
scheint es da, dass das Nebulöse deutlich mehr meint
als nur den Dunst im Tal. Hält man es überdies etwa
nicht für möglich, dass Küchenschaben über kurz
oder lang von ihrem Recht auf freie Wahlen Gebrauch
machen? Und fehlt zwar der endgültige Nachweis
dafür, dass Betty Hill tatsächlich von Außerirdischen
verschleppt wurde, so erzählt sie es doch dermaßen
gut, dass man es fast glauben muss.

Abseits dieser Halb- und Viertelwahrheiten können wir für die Zukunft aber soweit klarstellen, dass links dort ist, wo der Daumen rechts ist, dass dicke Männer einen schlanken Staat wollen beziehungsweise mit Hageren keiner zu machen ist, dass nicht jede Redensart der Weisheit letzter Schluss ist, dass man ohne Schirm und Pellerine am besten Goethe folgt und in den Teich springt, um dem Regen zu entfliehen, und dass es ein kulinarisch wie rhetorisch schlimmer Fauxpas ist, den Semmelknödel als *Epitheton ornans* des Schweinebratens zu bezeichnen.

Völlig gesichert ist außerdem, dass sich die Redaktion von »Frag' den Freitag« inzwischen neuerlich um einen illustren Personenkreis erweitert hat: Maurice de Koogstraaten wird dazumal sein Glück bereits mit einer Liliputbahn gemacht haben, die Entenmuschelzucht von Thelonius P. Fogarty weiter solide Einkünfte erzielen und Fräulein Brütting nach wie vor zufrieden sein mit ihrer Versetzung in die Archivabteilung. Dass aber Murcilla-Arancia Flores lange Zeit als Fluglotsin gearbeitet haben soll, das können wir uns immer noch nicht recht vorstellen.

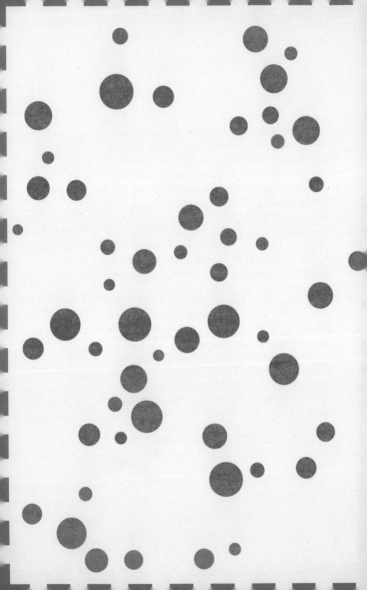